बीवी कैसी होनी चाहिए

बीवी कैसी होनी चाहिए

चौ. मोहम्मद अली रुदौलवी

सम्पादन एवं संकलन

शुऐब शाहिद

BOOKS

राजकमल प्रकाशन

BOOKS राजकमल प्रकाशन

रेख़्ता बुक्स
बी-37, सेक्टर - 1, नोएडा
उत्तर प्रदेश - 201301

contact@rekhta.org | www.rekhtabooks.com
www.rajkamalprakashan.com

प्रथम संस्करण : नवम्बर 2022

ISBN : 978-93-94494-00-8
मूल्य : ₹ 149

बीवी कैसी होनी चाहिए

चौ. मोहम्मद अली रुदौलवी

टाइटल कैलिग्राफ़ी : धर्मेन्द्र सुशांत
मुद्रक : ज़ाविया प्रिंट, दिल्ली

मेरे बच्चों के नाम

जो इस बुढ़ापे में मुझ से दूर जा बसे

चौधरी मोहम्मद अली रुदौलवी

उर्दू के नुमाइन्दा नस्र-निगार चौधरी मोहम्मद अली रुदौलवी की पैदाइश 15 मई, 1882 को उत्तर प्रदेश के रुदौली शहर में हुई। रुदौलवी साहिब की बज़ाहिर ज़्यादा तालीम नहीं हो सकी थी मगर वो जिस ज़माने से तअल्लुक़ रखते हैं उस ज़माने में तालीम का मेयार बहुत बुलन्द था और कम दर्जे तक पढ़े-लिखे लोग भी बेहतरीन सलाहियत के मालिक होते थे। रुदौलवी साहब ने अपने इल्मी ज़ौक़ और ख़ुदा-दाद सलाहियत से इल्म प्राप्त करने के सभी वसीलों को अपनाया और इर्तिक़ा के उस मरहले में पहुँच गए जहाँ इल्म-ओ-अदब के लोगों को शोहरत-ए-आम और बक़ा-ए-दवाम का मुस्तहिक़ माना जाता है।

रुदौलवी साहब ने अदब की कई अस्नाफ़ जैसे अफ़साने, मज़ामीन, कॉमिक्स, ख़ाके और ख़ुतूत में अपनी क़लम का जादू दिखाया है। उन्होंने कई शानदार किताबें लिखीं जिनमें 'गोया दबिस्ताँ खुल गया', 'कशकोल', 'सलाह-ए-कार', 'गुनाह का ख़ौफ़' और 'मेरा मज़हब' अहम हैं।

उनकी बहुत ही पुर-कशिश और मुनफ़रिद अन्दाज़-ए-तहरीर, ज़बान की आसानी के साथ-साथ हास्य से भरपूर थी। अपने अदबी सफ़र में उन्होंने रोमांस के रास्तों को हक़ीक़त के शाहराहों पर छोड़ दिया और समाजी हक़ीक़त-पसन्दी की मजबूत और ज़ोरदार जड़ों से निकले अदब की ज़रख़ेज़ी के लिए ज़मीन तैयार की। 10 सितम्बर, 1959 को रुदौली में उन्होंने आख़िरी साँस ली।

दिल से जो बात निकलती है...

चौधरी मुहम्मद अली रुदौलवी की किताब के बारे में कुछ लिखना क्यूँकर मुमकिन है, जब कि उर्दू ज़बान-ओ-अदब के इन बुज़ुर्गों से उम्र भर सीखता रहा हूँ। इस मुख़्तसर सी किताब को मुरत्तब करते हुए फ़ैसला करना मुश्किल था कि चौधरी साहब के किन मज़ामीन को इसमें शामिल करूँ, और किस-किस को आइंदा के लिए उठा रखूँ। बहर हाल अपने फ़हम-ए-नाक़िस से जो कुछ जमा कर पाया, वो पेश-ए-ख़िदमत है।

किताब के आधे हिस्से में कुछ ख़ुतूत का भी इंतिख़ाब किया है। जो उन्होनें अपनी बेटी हुमा बेगम के नाम लिखे और उर्दू अदब में इन ख़ुतूत को बहुत अहमियत हासिल है।

मुमकिन है कि इस तरह चीदह-चिदह मज़ामीन और चंद ख़ुतूत इतनी कम सफ़हे की किताब में जमा करना बेरब्त और बेमसरफ़ सा मालूम हो, लेकिन इस अहम किताब का मक़सद इसके सिवा कुछ नहीं कि आपका तार्रुफ़ चौधरी मुहम्मद अली के उस शानदार क़लम से हो सके कि जिसकी नोक से एक अहद का अज़ीम अदब ने तख़लीक़ पाई है। ये किताब यक़ीनन एक दरवाज़े का काम करेगी जिसके ज़रिए आप दाख़िल होंगे ज़बान-ओ-अदब के उस जहां-ए-सहर में, कि जिसकी वुसअत आसमानों की सी है।

चौधरी साहब की बेशतर तहरीरें मिज़ाह पर मबनी हैं। तन्ज़ का पहलू भी छुपा होता है जो आपको बेसाख़्ता हँसने

पर मजबूर करता है। आपके ख़ुतूत जहाँ आपको गुदगुदाने का हुनर रखते हैं, वहीं अपनी नुमायाँ ज़बान की लताफ़त से अपने सहर में ले लेते हैं। ये किताब बरसों का एक ख़्वाब थी, जो आज शर्मिंदा-ए-ताबीर पा रही है। अब उर्दू अदब का ये क़ीमती गौहर आपके हाथों में है। मैं पुर-उम्मीद हूँ ये गौहर-ए-नायाब ऐसे बेशुमार मोतियों कि तलाश में आपको उस समुंदर में ग़ोताज़नी को मजबूर कर देगा, कि जिसके किनारे एक पूरी नस्ल नश-ओ-नुमा पाती है।

- सम्पादक

फ़ेहरिस्त

ख़ुतूत

बीवी कैसी होनी चाहिए

मुझसे सवाल किया गया कि बीवी कैसी होनी चाहिए, मैं कहता हूँ कि कोई बुरी बीवी मुझको दिखा दे तो मैं इस सवाल का जवाब दूँ। मेरे ख़याल में बीवी ख़ुदा की नेमत[1] है और ख़ुदा की नेमत कभी बुरी नहीं होती। बीवी की वज्ह से घर में रौशनी सी फैली रहती है। चराग़ के नीचे ज़रा सा अँधेरा भी होता है, जैसा कि मैं एक मर्तबा पहले भी कह चुका हूँ, अगर कोई नादान मर्द ज़रा सी तारीकी से घबरा कर चराग़ की शिकायत करे तो अँधेरा ही तो है। मैं इसका भी दावेदार हूँ कि मैंने आज तक कोई बद-सूरत औरत भी नहीं देखी। आँखें रखता हूँ और दुनिया देखी है, अगर कहीं होती तो आख़िर मैं न देखता?

इसका सबूत ये भी है कि बदसूरत से बदसूरत जो कही जा सकती है उसका भी चाहने वाला कोई न कोई निकल आता है। फिर अगर वो बदसूरत थी तो ये परस्तिश[2] करने वाला कहाँ से पैदा हो गया। इस लैला का मजनूँ कहाँ से आ गया,

नहीं साहब! औरत बदसूरत नहीं होती, ये मेरा ईमान है और यही ईमान हर शख़्स का होना चाहिए। असल वज्ह ये है कि औरत में उम्दा तरशे हुए हीरे की तरह हज़ारों पहलू होते हैं और हर पहलू में आफ़ताब एक नए रंग से मेहमान होता है। ये मुमकिन है कि कोई पहलू किसी (ख़ास शख़्स) की आँख में ज़रूरत से ज़्यादा चकाचौंध पैदा कर दे, और वो पसन्द न करे तो इससे बीवी की बुराई कहाँ से साबित हुई।

एक पुराने यूनानी ड्रामा-नवीस ने लिखा है कि पहले मर्द और औरतें इस तरह होते थे कि दोनों की पीठ एक दूसरे से जुड़ी होती थी और ये लोग रास्ता इस तरह चलते थे कि पहले चारों हाथ ज़मीन पर लगे और दोनों सर नीचे आ गए। और चारों पाँव सर की जगह हवा में रहे। इस तरह के बाद पल्टा खाया और चारों पाँवों के बल खड़े हो गए और इस तरह आगे बढ़ते गए। ज़ाहिर बात है कि ऐसी हालत में ये लोग रास्ता बहुत तेज़ चलते थे और चूँकि दो-दो आदमी मिले हुए थे इसलिए उनकी क़ुव्वतें भी दोगुनी थीं। देवताओं ने उनकी शोरा-पुश्ती की वज्ह से मशवरा किया कि क्या करना चाहिए, आख़िरकार ये सलाह ठहरी कि ये बीच से अलैहदा कर दिए जाएँ ताकि उनकी क़ुव्वतें आधी रह जाएँ और उनके चढ़ावे दोगुने हो जाएँ। चुनांचे ऐसा ही किया गया, तब से हर औरत और हर मर्द अपना अपना जोड़ा ढूँढते फिरते हैं, जिनको मिल जाता है वो ख़ुश रहते हैं, जिनको बदक़िस्मती से न मिला वो ग़रीब औरत को दुख देते हैं।

किसी को बे-ज़बान बीवी पसन्द है, किसी को ऐसी औरत अच्छी लगती है जिसकी ज़बान हर वक़्त कतरनी की तरह

चलती रहे, अगर ख़ुशक़िस्मती से वही क़दीम जोड़ा मिल गया तो दोनों ख़ुश हैं, नहीं तो बीवी ग़रीब को बुरा कहते हैं, आख़िर उस ग़रीब का जोड़ा भी तो बिछड़ गया है मगर उसकी कोई बात भी नहीं पूछता। ये ख़याल ग़लत है कि सिर्फ़ अच्छों को ही अच्छे का साथ मज़ेदार होता है। अगर तालमेल हुआ और पर-गत मिल गई तो जिन लोगों को हम अपने ज़ोम-ए-नाक़िस[3] में बुरा समझते हैं उनकी भी ज़िन्दगी लुत्फ़[4] की गुज़रती है। आपने सुना नहीं,

ख़ुदा के फ़ज़्ल से उतरा था क्या ही अर्श से जोड़ा
न मुझ सा कोई गुर्गा हो न तुम सी कोई शफ़तल[5] हो

हमारे पड़ोस में एक मियाँ बीवी रहते हैं जिनका जोड़ा पूरी तौर से मिल गया है। ये दोनों आदमी इन्तेहा दर्जे के काहिल, परले सिरे के झूठे और हद के नाकारे हैं, मगर जब देखिए दोनों क़ुमरियों[6] की तरह एक दूसरे के साथ हैं और गलबहियाँ डाले बैठे हैं। उनके दो बच्चे हैं, किसी ने उन बच्चों का धोया हुआ मुँह कभी नहीं देखा। कपड़े उन लोगों के तन पर से कट के गिर जाते हैं मगर धोबी को देने की तौफ़ीक़ नहीं होती। बच्चों के कपड़ों में ज़रा सी फूँक बढ़ के नीचे से ऊपर तक पहुँच जाती और फट कर अलैहदा हो जाती है मगर सूई तागे की ज़हमत नहीं होती। मैंने एक दिन उस औरत से पूछा कि तुम्हारे मियाँ तुमको चाहते हैं? कहने लगी कि इतना चाहते हैं कि खाना लिए बैठे रहते हैं, मगर बग़ैर मेरे नहीं खाते। दूसरी मिसाल मुहब्बत की दी कि कल सुब्ह बटेर के शिकार को जा रहे थे, मैंने कहा रोज़ जाते हो मगर कभी एक पर भी घर में न आया। बस ग़ुस्से में एक डण्डा मेरी पीठ पर रसीद किया,

मैं भी दोपहर तक मुँह फुलाए रही और नहीं बोली। तब दौड़े गए, तेल की जलेबियाँ ले आए, तब मैं बोली। कभी बराबर के जोड़ में लुत्फ़ आता है, कभी एक नर्म और एक गर्म, ज़िन्दगी को आरामदेह बना देते हैं।

किसी राण्ड-बेवा के यहाँ एक तोता पला था। वो हर वक़्त उस औरत को मुग़ल्लिज़ात[7] सुनाया करता था। एक दिन उनके यहाँ एक पीर साहब तशरीफ़ लाए। तोते को सुनकर कहने लगे, अरे तेरा तोता बड़ा फ़हाश[8] है, पिंजरा खोल दे, ये उड़ जाए। कहने लगी, रहने दीजिए मियाँ साहब, घर में मर्दवे की ऐसी बोली तो सुनाई देती है।

कोई शख़्स शराब बहुत पीता था। उसने पादरी के कहे से शराब तर्क कर दी। कुछ दिनों के बाद पादरी साहब अपने पन्द-ओ-नसाइह[9] पर नाज़ करते हुए घर में दाख़िल हुए और पूछा कि कहो, अब तुम्हारे मियाँ मार-धाड़, दंगा-फ़साद तो नहीं करते। बीवी निहायत मायूसी से कहने लगी, अरे हुज़ूर अब तो वो मियाँ ऐसे मालूम ही नहीं होते, कोई देखे तो कहे मेहमान-तरीक़[10] घर में आए हैं।

चार्ल्स डिकेंस ने एक शख़्स साइक्स अमे का हाल लिखा है कि वो भी अपनी नेक शरीफ़-ख़सलत[11], मेहनती, चाहने वाली बीवी को न सिर्फ़ मारता ही था बल्कि जो कुछ मेहनत मज़दूरी करके वो कमा लाती थी, वो भी शराब में उड़ा देता था और ख़ुद उसमें दुनिया का कोई ऐब न था जो न हो। चोर परले सिरे का था, एक हमदर्द ने उस औरत को मश्वरा दिया कि उसको छोड़ दे। उसने कहा कि अफ़सोस है दुनिया उस

की बुराई से वाक़िफ़ है, ख़ूबी से नहीं वाक़िफ़। अब इन बातों के बाद कोई क्या कह सकता है कि कौन मर्द अच्छा है और कौन औरत।

मेरे एक दोस्त एक डिप्टी साहब का हाल बयान करते हैं कि वो दौरे पर थे और मैं उनसे मिलने गया। मालूम हुआ कि डिप्टी साहब ग़ुस्ल फ़रमा रहे हैं। ये बैठे रहे, जब देर हुई तो उन्होंने फिर दरयाफ़्त किया। मालूम हुआ अभी तक ग़ुस्ल में हैं। सरकारी काम था जिसके ना-तमाम रह जाने में दोनों की बदनामी थी। इस वज्ह से संग आमद सख़्त आमद इन्तज़ार करते रहे। मगर डिप्टी साहब आज निकलने का नाम लेते हैं न कल। उनकी आँतें क़ुल-हु-अल्लाह पढ़ रही हैं, मगर उनकी बरामदगी की कोई सूरत नहीं दिखाई देती। ख़ैर, कई घण्टों के बाद तलबी हुई तो क्या देखते हैं कि डिप्टी साहब दफ़्तर की मेज़ के पास कुर्सी पर बड़ी शान से तशरीफ़-फ़रमा हैं। मिसलों[12] का ढेर लगा है मगर ख़ाली पतलून और खड़ाऊँ पहने बैठे हैं। काँधों पर पतलून की गेल्स अलबत्ता दिखाई देती है। काम पूरा करके जब ये बाहर निकले, न ताब हुई, अर्दली से अनोखी वज़ा[13] का सबब पूछ ही बैठे। मालूम हुआ बेगम को किसी बात पर ग़ुस्सा आ गया है। उन्होंने हुक्म दिया कि आज इस मूँडी-काटे को कपड़े न दिए जाएँ। ख़याल तो कीजिए जाड़ों का महीना ख़ेमा की ज़िन्दगी लेकिन अगर डिप्टी साहब को ये बातें पसन्द हैं तो हम आप बुरा मानने वाले कौन।

पीटर पुण्डर ने लिखा है कि स्कॉटलैंड में मैंने एक शख़्स को देखा कि अपनी बीवी को मारता है, मुझे ऐसा जोश पैदा

हुआ कि मैं घर में घुस गया और उस औरत को बचाने लगा, मेरा ये करना था कि दोनों मेरे ऊपर पलट पड़े और मुझको मार के बाहर कर दिया। लीजिए साहब हम तुम राज़ी तो क्या करें क़ाज़ी, ग़ालिब ने कहा है,

कभी जो याद भी आता हूँ तो वो कहते हैं
कि आज बज़्म में कुछ फ़ित्ना-ओ-फ़साद नहीं

क्यों साहब, अगर किसी को फ़ित्ना-ओ-फ़साद ही वाला शरीक-ए-ज़िन्दगी पसन्द हो तो हमारी आपकी पसन्दीदगी ना-पसन्दीदगी क्या चीज़ है और कौन कह सकता है कि ये बीवी अच्छी और ये बुरी है। अक्सरों को आस-पास के घरों से इस तरह की बातें सुनने का इत्तेफ़ाक़ हुआ होगा कि अरे, ये हाथ थकें, इलाही तन-तन कोढ़ टपके, मिचमिचाती खाट निकले, तब मेरे दिल में ठण्डक पड़े। अड़ोसी-पड़ोसी इधर-उधर खड़े नफ़रीन[14] कर रहे हैं कि भई क्या बुरे लोग हैं। क्या कुत्ते-बिल्ली की ज़िन्दगी बसर कर रहे हैं, लीजिए साहब शोर-ओ-शग़ब[15] मिट गया। मियाँ निकल कर अपने काम पर चले गए, बी-हमसाई[16] कुछ तो हमदर्दी करने के ख़याल से और ज़्यादातर टोह लेने को खिड़की की तरफ़ से अन्दर दाख़िल हुईं। देखा कि एक तरफ़ का गाल सूजा हुआ है, आँखों की लाली बावजूद मुँह धोने के अभी मिटी नहीं है। हाल तो सब पहले ही से जानती थीं, मगर अनजान बन कर पूछने लगी, ऐ बहन, ये क्या हुआ? जवाब मिला- बहन! क्या कहें, आप ही लड़े, आप ही ख़फ़ा हो कर चले गए, खाना भी नहीं खाया, ये देखो वैसे ही रखा है, पान की डिबिया भी नहीं ले गए, दिल कुढ़ता है कि दिन भर अब बिन पान के रहेंगे, मुँह साबुन हो जाएगा।

लीजिए साहब ये तो गई थीं कि वो मियाँ की अगर एक बुराई करेंगी तो हम दस करेंगे। वहाँ रंग ही दूसरा देखा। अपना सा मुँह लेकर चली आईं।

एक दूसरे मरहूम दोस्त कहा करते थे कि बीवी के नाज़-ओ-अन्दाज़ हर तरह के उठाए जा सकते हैं, लेकिन एक बात नाक़ाबिल-ए-मुआफ़ी है, वो ये कि ये लोग कभी-कभी मर जाती हैं। इसी के मुक़ाबिल ये दूसरा लतीफ़ा सुनिए।

एक साहिब ने बयान किया कि मेरी बीवी दो ही बरस के अन्दर दाग़-ए-मुफ़ारक़त[17] दे गईं। ज़रा सा लड़का एक फूसड़ा अपनी निशानी छोड़ गईं। मेरी एक बड़ी साली थीं जो शायद इसी इन्तज़ार में पहले ही से रण्डापा खे रही थीं। ख़ुश-दामन[18] साहिबा कहने लगीं, मियाँ तुम्हारी साली मौजूद है अगर अक़्द कर लेते तो मुर्दा रिश्ता फिर ज़िन्दा हो जाता। मैंने भी सोचा कि अब वो जवान जहान न रही तो ये अधेड़ क्या रहेगी, लाओ कर भी लो। लड़के की ख़ाला है, बच्चा भी पल जाएगा, जहेज़ भी अच्छा-ख़ासा हाथ लगेगा। उनके मरने के बाद इंशाअल्लाह-तआला अपनी हम-सिन[19] ढूँढ कर कर लेंगे।

लीजिए साहब अक़्द होने को तो हो गया मगर वो आज मरती हैं न कल। वो तो पहले ही से बूढ़ी थीं, मेरे भी दाँत गिर गए, मगर वो जाने का नाम ही नहीं लेतीं। इधर मैं कहीं सफ़र को तैयार हुआ और उधर वो इमाम-ज़ामिन[20] लिए ड्योढ़ी के पास पहुँच गईं। इमाम-ज़ामिन की ज़मानत में सौंपा कहो क़बूल किया। जिस तरह पीठ दिखाते जाते हो इसी तरह अस्ल

ख़ैर से वापस आकर मुँह दिखाना नसीब हो। उन साहब का बयान है कि बड़ी बीवी के मरने से तो मायूसी हो ही चुकी है। मैंने ये वतीरा[21] इख़्तियार किया है कि इधर इन्होंने इमाम-ज़ामिन बाँधा, उधर मैंने भी एक चीथड़ा लेकर उनके दाहिने बाज़ू पर बाँध दिया और कहना शुरू किया, "ख़ुदा तुम्हारे साए में हमें परवान चढ़ाए।" वो पोपला मुँह बटुवा सा लेकर हँसने लगीं, हटो भी तुम्हारी मज़ाक़ की बातें कभी न जाएँगी।

अब ज़रा ग़ौर फ़रमाइए। अगर उन साहब को कहीं हमने सलाह दी होती कि बड़ी साली से कर लो तो ख़ुदा वास्ते को, हम ही तो बदनाम होते। नहीं साहब इस मुआमले में यही ठीक है कि अपनी-अपनी डफ़ली और अपना-अपना राग।

* * *

1. ईश्वर का उपहार 2. पूजा 3. व्यर्थ सोच अथवा घमण्ड 4. मज़ा, आनन्द 5. बद-चलन 6. एक सफ़ेद चिड़िया 7. गाली, गन्दी भाषा 8. गन्दा बोलने वाला 9. उपदेश 10. सुशील मेहमान 11. नेक स्वभाव 12. मुक़द्दमे की कार्य की फ़ाइलें 13. ढंग 14 मलामत 15. चीख़-पुकार 16. पड़ोसन 17. मृत्यु होना 18. पत्नि की माँ (सास) 19. समान उम्र 20. ज़मानती तावीज़ 21. स्वभाव

तीसरी जिंस

मुद्दी का अस्ल नाम अहमदी ख़ानम था। तहसीलदार साहब प्यार से मुद्दी-मुद्दी कहते थे, वही मशहूर हो गया। मुद्दी का रंग बंगाल में सौ-दो सौ में और हमारे सूबे में हज़ार-दो हज़ार में एक था। जिस तरह फ़िरोज़ी का रंग मुख़्तलिफ़ रौशनियों में बदला करता है उसी तरह मुद्दी का रंग था।

थी तो खिलती हुई साँवली रंगत जिसको सब्ज़ा कहते हैं। मगर मुख़्तलिफ़ रंग के दुपट्टों या साड़ियों के साथ मुख़्तलिफ़ रंग पैदा होता था। किसी रंग के साथ दमक उठता था, किसी रंग के साथ टिमटिमाहट पैदा करता था। बाज़-औक़ात जिल्द की ज़र्दी में सब्ज़ी ऐसी झलकती थी कि दिल चाहता था कि देखा ही करे। शम्अ की रौशनी में मुद्दी की रंगत तो ग़ज़ब ही ढाती थी। कभी आपने दूसरे दर्जे की मदक़ूक़[1] को देखा है। अगर बीमारी से क़त-ए-नज़र[2] कीजिए तो रंगत की नज़ाकत वैसे ही थी। आँखें बड़ी न थीं मगर जब निगाह नीचे से ऊपर करती थी तो वाह-वाह। मालूम होता था मन्दिर का दरवाज़ा

खुल गया, देवी जी के दर्शन हो गए। मुस्कुराहट में न शोख़ी न शरारत, न बनावट की शर्म, न लुभावट की कोशिश। लकड़ी-लोहे के क़लम को कैसे मू-क़लम[3] कर दूँ कि आपके सामने वो मुस्कुराहट आ जाए।

बस ये समझ लीजिए कि ख़ुदा ने जैसी मुस्कुराहट उसके लिए तज्वीज़[4] की थी, वही थी। मुद्दी अपनी तरफ़ से उसमें कोई इज़ाफ़ा नहीं करती थी। उसके किसी अन्दाज़ में बनावट न थी। हाथ पाँव, क़द, चेहरे के आज़ा[5], सब छोटे-छोटे मगर वाह रे तनासुब। आवाज़, हँसी, चाल-ढाल हर चीज़ वैसी ही। मैं मुद्दी से बहुत बे-तकल्लुफ़ था मगर उश्शाक़[6] में कभी नहीं था। और जहाँ तक मैं जानता हूँ कोई और भी नहीं सुना गया। ऐसी ख़ूबसूरत औरत बिला-मर्द की हिफ़ाज़त के ज़िन्दगी बसर करे और उश्शाक़ न हों, बड़े तअज्जुब की बात है।

मगर वाक़िया है। एक रोज़ मैंने कहा-मुद्दी अगर हम जादूगर होते तो जादू के ज़ोर से तुमको तितली बनाकर एक छोटी सी डिबिया में बन्द करके अपनी पगड़ी में रख लेते। इस फ़न-ए-शरीफ़ से वाक़िफ़-कार हज़रात जानते हैं कि जो हर्बा[7] मैंने इस्तेमाल किया था वो कम ख़ाली जाने वाला था। मगर उसके भी जवाब में वही बे-तकल्लुफ़ मुस्कुराहट की ढाल जो तलवार के मुँह मोड़ दे।

इस सादगी पे कौन न मर जाए ऐ ख़ुदा
लड़ते हैं और हाथ में तलवार भी नहीं

अक्सर ख़याल गुज़रता है कि ये इस्तिग़ना[8] तहसीलदार मरहूम की सफ़ेद दाढ़ी के साए में परवरिश पाने का असर है।

मगर फिर अक़्ल कहती थी कि जोश-ए-हयात ने ना-मालूम कितनी सफ़ेद दाढ़ियों में फूँका डाला है। वो सफ़ेद दाढ़ी क़ब्र में भी पहुँच गई। उसका असर कहाँ से आया। ब-हरहाल क़िस्सा सुनते जाइए और रफ़्ता-रफ़्ता राय क़ाएम करते जाइए।

मुद्दी के हर अन्दाज़ में निस्वानियत[9] कूट-कूट कर भरी थी। एक बात अलबत्ता थी जो गो औरतों में भी होती है, मगर हम ऐसे बुर्ज़ुआ लोग उसको मर्द ही से मंसूब करते हैं। यानी अपने हम-तब्क़ा औरतों में और उसी तब्क़े के मर्दों में मुद्दी हुकूमत ख़ूब कर लेती थी। हर शख़्स औरत कि मर्द, उनका ताब-ए-फ़रमान[10] रहता था और उनके इशारे पर चलने को तैयार।

अब शुरू से क़िस्सा सुनिए। तहसीलदार साहब का नाम क्या कीजिएगा जान कर। मरहूम बड़े अच्छे आदमी थे मगर बे-ऐब ख़ुदा की ज़ात। कुछ ख़ास-ख़ास कमज़ोरियाँ कही जाती थीं। पुरानी वज़ा के लोग थे। बड़ी शान से तहसीलदारी की। लाखों कमाए और हज़ारों उड़ाए। मगर औलाद न होने की वज्ह से उनकी ज़िन्दगी कुछ बे-मर्कज़[11] की सी हो गई थी। बीवी बहुत दिन हुए मर चुकी थीं। कोई क़रीब का अज़ीज़ भी न था। सिर्फ़ एक नौकर था वही स्याह-सफ़ेद का मालिक था। तनख़्वाह उसी के हाथ आती थी और जब पेंशन हुई तो पेंशन का भी वही हक़दार ठहरा। मियाँ के कपड़े और खाना भी मियाँ हसन अली ही पसन्द करते थे। हसन अली किसी काम को बाज़ार गए। दो थान राधा नगरी डोरिए के लिए चले आते हैं। मियाँ के कुर्ते बनेंगे मगर मियाँ को उस वक़्त ख़बर हुई जब दर्ज़ी क़ता करने लगा।

"अरे मियाँ हसन अली ये डोर ये कैसी लाए हो?"

हसन अली- "आपके कुर्तों के लिए डोरिया वज़ादार है। सिलने पर और खिलेगा।"

"खिलेगा तो मगर कुर्ते तो मेरे पास थे। अभी उस दिन शरबती ले आए। आज डोरिया लिए चले आते हैं, आख़िर पूछ तो लिया होता।"

"पूछ के क्या करता। आप यही तो कहते कि रहने दो। घर में एक चीज़ हो गई। बरसात का ज़माना है। धोबी देर में आया करेगा। दो जोड़े फ़ाज़िल अच्छे होते हैं।"

"ख़ैर भई!"

तहसीलदार खाने पर बैठे हैं।

"मियाँ हसन अली आजकल बाज़ार में मछली नहीं आती?"

"आती तो है मगर गर्मियों की वज्ह से मैंने नहीं मँगवाई। इस फ़स्ल में मछली नुक़्सान करती है, सुब्ह को मुर्ग़ पक जाएगा।"

तहसीलदार साहब पर हसन अली की शख़्सियत ऐसी ग़ालिब[12] आई थी कि जो बात वो पसन्द करते थे तहसीलदार समझते थे कि गोया ये भी मेरे दिल में है। इसी वज्ह से ग़ैर-ज़िम्मेदार लोग दोनों का ज़िक्र करके मुस्कुराते थे। और आपस में आँखें मारते थे। मियाँ हसन अली का उस्तरे से सफ़ाचट चेहरा और तहसीलदार साहब की भबुदाढ़ी पर चे-मी-गोइयाँ[13] होती थीं। दाढ़ी मूँछों का सफ़ाया सिर्फ़ अंग्रेज़ी-दाँ हज़रात का

हक़ है। अगर हसन अली ऐसे अपनी चाल छोड़कर हंस की चाल चलेंगे तो अल्लाह ही ने कहा है, लोग कोई न कोई कमी निकालेंगे। बहर-हाल अस्लियत की ख़बर ख़ुदा को है। हम तो जो कुछ देखते थे वो ये था कि तहसीलदार का हमदर्द दुनिया जहान में हसन अली के अलावा कोई न था। हसन अली को भी इससे अच्छा आक़ा अगर चराग़ ले के ढूँढते तो न मिलता।

अल्लाह मियाँ ने दो जिंसें बनाई थीं। औरत और मर्द। यूरोप के डॉक्टरों ने तहक़ीक़ात करके एक और जिंस ईजाद[14] की है जो अपने ही जिंस की तरफ़ राग़िब[15] हो। इस जिंस में औरतें भी शामिल हैं और मर्द भी। अब ना-मालूम तहसीलदार और हसन अली इस तीसरी जिंस में से थे या वैसे ही थे जैसे हम आप या बाद को कुछ अदल-बदल हुई।

इसको न हम जानते हैं न जानने की कोशिश करते हैं। वो जानें और उनका काम। ज़ाहिर ब-ज़ाहिर उन दोनों के अफ़आल[16] से दूसरों की समाजी ज़िन्दगी में कोई फ़र्क़ नहीं पड़ता था। इसलिए हमको खोज की कोई ज़रूरत भी नहीं मालूम होती। तहसीलदार साहब भारी-भरकम आदमी थे। औलाद न होने का दुखड़ा क्या रोते मगर औलाद की तमन्ना इस बात से ज़ाहिर होती थी कि जब खाना खाते तो हसन अली की लड़की अहमदी को बुलवा भेजते थे कि दस्तर-ख़्वान पर बैठ जाए। इसी वज्ह से खाना तन्हाई में खाने लगे थे। नौकर की लड़की को दस्तर-ख़्वान पर खिलाए कुछ अच्छा नहीं लगता था। इसके अलावा अगर सबके सामने खिलाते तो साहब-ए-औलाद न होने का रंज और बच्चों की तमन्ना लोगों पर खुल जाती।

बी अहमदी ख़ानम उर्फ़ मुद्दी बेगम का सिन चार बरस का रहा होगा। दस्तर-ख़्वान पर शोरबा गिराना, लुक़मा डुबोने में दाल का पूरा पियाला घंगोल देना बच्चों का शेवा है। और नफ़ीस[17] लोग इसी वज्ह से बच्चों को अलग खिलाते हैं। गो कहते यही हैं कि जवानों वाला खाना बच्चों को नुक़्सान करता है। मगर तहसीलदार साहब को इसमें लुत्फ़ आता था। उधर दस्तर-ख़्वान पर बैठे और इधर बी मुद्दी की तलब हुई। रफ़्ता-रफ़्ता मुद्दी ख़ुद वक़्त पहचान गईं। थोड़े दिनों में मुद्दी तहसीलदार साहब ही के यहाँ रहने लगीं। या तो घर में एक तरफ़ ये, एक तरफ़ छोटा भैया और बीच में हसन अली की बीवी थीं या उनकी पलंगड़ी अलग बनी। साफ़ चादर लगाई गई। छोटे-छोटे तकिए बनवाए गए। तहसीलदार साहब के पास उनकी भी पलंगड़ी बिछने लगी। जूती पहने रहने की तक़ीद हुई कि बिछौना मैला न हो।

लड़की थी पैदाइशी सलीक़ामन्द[18]। एक बार से दूसरी बार बताने की ज़रूरत नहीं होती थी। पाँच छः ही बरस के सिन में ऐसा सलीक़ा आ गया कि आधी बीवी मालूम होती थीं। तहसीलदार साहब के पान ख़ुद बनाती थी। दस ग्यारह बरस के सिन में जिंस[19] तुलवाना, खाना पकवाना सब कुछ मुद्दी के हाथ हो गया था। दिन जाते कुछ देर नहीं लगती। चौदहवें बरस बी मुद्दी का शबाब दमक उठा। देखने वालों का दिल चाहता कि देखा ही करें। मुद्दी भी जब बाल बनाने खड़ी होती थीं तो आईने के साथ ख़ुद भी मुतहय्यर[20] रह जाती थीं। अब माँ को शादी की फ़िक्र हुई। तहसीलदार साहब से कहा गया। उन्होंने कहा क्या जल्दी है, हो जाएगी। मगर लड़की हसन अली के

भतीजे को बचपन ही से माँगी थी। उधर से भी इसरार हुआ कि जवान लड़की का अमीरों के घर में रहना अच्छा नहीं। लीजिए साहब शादी हो गई। तहसीलदार साहब ने ख़ुद तो अपने घर से शादी नहीं की मगर जहेज़ वग़ैरह ख़ूब सा दिया।

चौथी चाले के बाद फिर वही तहसीलदार साहब के यहाँ का रहना। मुद्दी के दूल्हा भी तहसीलदार ही साहब के यहाँ आते थे। मुद्दी ससुराल कम जाती थीं। गईं भी तो खड़ी सवारी। बहुत रहीं तो एक रात नहीं तो उसी दिन वापिस आ गईं। ससुराल वाले जाहिल, शौहर भी अलिफ़ के नाम लट्ठा नहीं जानते। गो मुद्दी भी बग़दादी क़ाएदा और अम्म[21] के सिपारे के आगे नहीं पढ़ी थीं, मगर फिर भी पढ़े लिखे हुए की पाली हुई थीं। उम्र भर अमीरी कारख़ाना देखा था। मुद्दी का दिल ससुराल में कम लगता था। कमसिनी में ब्याह का तज्रबा कुछ अचम्भे में डाले था। शादी के बाद अगर औरत पर कुँवारपने की आब नहीं रह जाती तो सुहाग की रौनक़ चेहरा चमका देती है। मगर अहमदी के चेहरे पर न इसी बात का पता चलता था न उसी का। मियाँ बीवी के बरताव का हाल दो-चार दिन में क्या खुलता। मगर किसी ख़ास ख़ुशी या इत्मीनान का अन्दाज़ उसमें भी नहीं दिखाई देता था। कुछ ही दिनों में ये भी न रह गया और खुल्लम-खुल्ला ना-ख़ुशी के आसार ज़ाहिर होने लगे।

शौहर साहब भी कुछ दबे-दबे से थे। तहसीलदार साहब के यहाँ वो भी अपनी शौहरियत[22] का बरतर दर्जा बरत नहीं सकते थे। ख़ुद अपनी हेच मर्ज़ी और बीवी की बुलन्दी उनकी नज़र में खटकती थी। ज़रूरतें मजबूर करती थीं। नई-नई बीवी। कुछ

रुपए पैसा भी हाथ आ जाता था। इसलिए चुप थे। एक दिन ऐसा इत्तिफ़ाक़ हुआ कि मुद्दी जो सोकर उठीं तो एक छड़ा ग़ायब। बिस्तर पर इधर-उधर देखा, दुलाई झाड़ी, पाएँती झुक के देखा, घर में इधर-उधर तलाश किया मगर कहीं न मिला।

ना-मालूम क्या समझ कर चुप हो गईं। दोपहर के क़रीब माँ से ज़िक्र किया। माँ ने शोर मचा दिया। तहसीलदार साहब तक ख़बर हुई। उन्होंने सुनते ही कह दिया कि ये हरकत सिवाए मुद्दी के दूल्हे के और किसी की नहीं हो सकती। ये भी कहा कि उसके जुआ खेलने की ख़बर भी मुझ तक पहुँच चुकी है। लीजिए साहब शौहर भी रूठ गए। दो-चार दिन के बाद रुख़्सती का इसरार हुआ। मगर छड़े वाली बात पकड़ कर मुद्दी के माँ बाप ने इंकार कर दिया। एक रोज़ मुद्दी के शौहर ने हसन अली के घर आकर बहुत सख़्त-सुस्त सुनाया। और ग़ुस्से में ये भी कहा कि हरामज़ादी को झोंटे पकड़ कर घसीटता न ले जाऊँ तब ही कहना। उस वक़्त तक मुद्दी ने किसी की ज़म्बादारी[23] नहीं की थी। लेकिन अब वो भी फ्रंट हो गई। और ऐसी फ्रंट हुई कि मरते दम तक फिर मुँह न देखा। हसन अली ने भी ख़याल किया। दामाद मुम्किन है कुछ शुहदा-पन ही कर बैठे इसलिए मुद्दी का पूरे तौर से तहसीलदार ही साहब के यहाँ रहना अच्छा है। शौहर साहब हमेशा के लिए मुअत्तल कर दिए गए।

जब से मुद्दी की शादी हो गई थी, तहसीलदार साहब कुछ चुप से रहते थे। इस वाक़िए के बाद वो भी बहाल हो गए। मुद्दी के शौहर ने अपनी सफ़ाहत[24] से ये भी कहा कि तहसीलदार साहब ने उससे आशनाई कर रखी है।

मगर इसको कौन बावर करता। हसन अली वाली बात पर तो लोग हँसी मज़ाक़ भी करते थे। मगर इस बात को किसी ने झूठों भी यक़ीन न किया। अलबत्ता तहसीलदार साहब तज्रबा-कार आदमी थे। उन्होंने मौत-ज़िन्दगी का ख़याल करके मुद्दी के लिए अलैहदा घर और कुछ बूदगी[25] का इन्तज़ाम करना शुरू किया। इस वाक़िए के दूसरे ही साल के अन्दर तहसीलदार साहब का इन्तक़ाल हो गया। तहसीलदार साहब मरहूम के या तो कोई नहीं था या यक-बारगी ना-मालूम कितनी वारिस पैदा हो गए और आपस में मुक़द्दमा बाज़ी शुरू हो गई।

बी मुद्दी ने भारी पत्थर चूम के छोड़ा। उठकर अपने घर चली आईं। तख़्त, चारपाइयों, अलमारियों पर न उनका हक़ था न उन्होंने दावा किया। नक़द जो कुछ तहसीलदार साहब उनको दे गए हों वो कौन ले सकता था। हाथ नाक गले में जो कुछ था वो उनका था ही। मुद्दी ने हसन अली की सलाह से ये तरीक़ा इख़्तियार किया कि अपने तब्क़े से ऊँची हो कर रहना पसन्द न किया बल्कि जिस हैसियत के लोग उनके माँ-बाप थे उसी बिरादरी में रहीं। अलबत्ता रुपए पैसा और सलीक़ा होने की वज्ह से अपने तबक़े में यूँ रहीं जैसे माली की डाली में सब फूलों में गुलाब का फूल होता है।

तहसीलदार साहब के साल ही भर बाद ताऊन[26] बड़े ज़ोरों का पड़ा। इसमें मियाँ हसन अली और उनकी बीवी भी चल बसीं। अब सिर्फ़ बी मुद्दी और उनका छोटा भाई रह गए। इस वक़्त तक मुद्दी ने जो कुछ अच्छा-बुरा किया होगा उसकी ज़िम्मेदारी सिर्फ़ उनके ऊपर न थी क्योंकि हर मुआमले में तहसीलदार मरहूम और उससे कम दर्जे तक उनके बाप

की राय शामिल रहती थी। उस के बाद जो कुछ पेश आया वो अलबत्ता उनके दिल-ओ-दिमाग़ का नतीजा था। मुद्दी का बर्ताव हर शख़्स से उम्दा था। कोई शाकी न था बल्कि अड़ोस-पड़ोस की औरतें हर वक़्त उनके घर में मौजूद रहती थीं। उनसे भी जो हो सकता था आने-जाने वालियों के साथ सुलूक करती थीं। घर में कपड़ा सीने की मशीन थी। दिन-भर लोगों के कपड़े मुफ़्त सिया करती थीं। किसी को अगर रुपऐ दो रुपऐ की ज़रूरत होती तो वो भी क़र्ज़ के नाम से दे दिए। जिस किसी का कहीं ठिकाना न लगे वो बी मुद्दी के यहाँ चला आए। रोटी अपनी पकाए, दाल बी मुद्दी की हाण्डी से ले ले। पान-पत्ता भी बी मुद्दी के पानदान से खाए।

उसी ज़माने में एक औरत न-मालूम कहाँ की बाहर से आई। उसको भी बी मुद्दी ने रख लिया, औरत सलीक़ामन्द थी। अपना बार भी उन पर नहीं डालती थी। बल्कि पैसे दो पैसे का सुलूक ख़ुद ही कर देती थी। कुछ अँगूठियाँ, कुछ कीलें, लैस, साबुन वग़ैरह बेचती थीं। सुब्ह हुई और बुर्क़ा ओढ़ कर निकल गईं। दोपहर को आईं। खाना खाया, आराम किया। इसके बाद फिर निकल गईं। शाम को लौटीं। ये मुसम्मात आई थीं तो ये कह कर कि दो-चार दिन में सौदा करके दूसरी जगह चली जाएँगी, मगर मुद्दी से कुछ ऐसी पर-गत मिली कि घर की तरह रहने लगीं। मुहब्बत-ओ-यगानगी की वो पेंगें बढ़ीं कि सगी बहनें मात थीं। सूरत शक्ल की तो मामूली थीं मगर क़द-कशीदा था। जब बुर्क़ा ओढ़ कर रास्ता चलती थी तो मालूम होता था कि मर्द भेस बदले हुए चला आता है। चाल-ढाल क़द के अलावा भी कुछ और बातें मर्दों के ऐसी

थीं। मसलन हाथ पाँव के देखते सीना कम था। कमर, कूल्हे, पाँव की चौड़ी-चौड़ी एड़ियाँ भी औरतों के सी न थीं।

थोड़े ही दिनों में ये हो गया कि दिन को तो वैसा ही मजमा रहता था मगर रात को दूसरी औरतें कम रहने लगीं। जब मुँह नहीं पाया तो पराए घर में कैसे ठहरतीं। पहले तो औरतों में सरगोशियाँ[27] हुईं फिर मुहल्ले में हर शख़्स उसी का ज़िक्र करने लगा। मगर मुद्दी और उस औरत ने बजाए तरदीद[28] करने के एक आज़ादाना बे-पर्वाही का अन्दाज़ इख़्तियार कर लिया। उस औरत ने कहा "हम लोग किसी की बहू-बेटी हैं या फिर से निकाह करना है जो हर शख़्स के आगे क़समें खाते क़ुरआन उठाते फिरें। दुनिया अपनी राह हम अपनी राह।" मुद्दी ने कहा-" अगर हमारा कोई वाली-वारिस होता तो किसी की मजाल पड़ी थी कि ऐसी बात कहता।" ज़माना गुज़रता गया और लोगों का शक यक़ीन से बदलता गया। क़ायदा है कि पंच-बिरादरी से अगर दब जाओ तो वो और दबाते हैं। अगर मुक़ाबले पर तैयार हो जाओ तो लोग अपनी नेकी की वज्ह से अक्सर मुआफ़ भी कर देते हैं। यही हाल उन दोनों का हुआ कि न किसी ने फिर पूछ-गछ की न उन्होंने इंकार की ज़हमत उठाई।

लिखने वाले को इग़लाम[29] मुसाहक़े[30] के ज़िक्र में कोई मज़ा नहीं आता। मगर इसी के साथ इन चीज़ों का ज़िक्र करने से डरता भी नहीं। अगर ये चीज़ें दुनिया में होती हैं तो चुप रहने से इनमें इस्लाह न होगी। न ये तय हो सकेगा कि कहाँ तक ये चीज़ें फ़ितरी हैं। और कहाँ तक अस्बाब-ए-ज़माना से पेश आती हैं। किसी जुलाहे के पाँव में तीर लगा था। ख़ून बहता

जाता था। मगर दुआएँ माँग रहा था कि अल्लाह करे झूठ हो।

हमारे क़िस्से के लोग दर-अस्ल हैवलॉक एलिस और फ्रॉइड नहीं पढ़े हैं। इस वज्ह से मजबूरन हमें इन मसाइल पर बहस करनी पड़ी। डाक्टरों का ख़याल है कि हर औरत में कुछ जुज़[31] मर्द का होता है और हर मर्द में कुछ जुज़ औरत का। जो जुज़ ग़ालिब होता है उसी तरह के ख़यालात और अफ़आल[32] होते हैं। मर्दाना क़िस्म की औरतें और ज़नाना क़िस्म के मर्द हर जगह दिखाई देते हैं। मुम्किन है बाज़ उनमें ऐसे हों जिनको फ़ितरतन अपने ही जिंस से तअल्लुक़ात अच्छे मालूम होते हों। मगर इसमें भी कमाल नहीं कि अस्बाब-ए-ज़माना से भी लोग इस राह लग जाते हैं। बजाए इस्लाह की कोशिश के हर मुआमले में यही राय क़ायम करना कि ये क़ुदरती तक़ाज़ा से है और इसीलिए इस्लाह की ज़रूरत नहीं, हमारी समझ में नहीं आता। अलबत्ता ऐसे फ़ेल की जिसमें समाज का कोई नुक़्सान न होता हो तो क़ानूनी सज़ा होनी चाहिए या नहीं ये दूसरा मसअला है।

अच्छा अब क़िस्सा सुनिए। मुद्दी और उस औरत की दो साल दोस्ती रही। इस के बाद लड़ाई हो गई। किस बात पर बिगाड़ हो गया ये किसी को मालूम नहीं। वो जिस राह आई थी उसी राह चली गई। बी मुद्दी उजड़ी-बुजड़ी रण्डाया खेलने लगीं। जोइन्दा[33] या बन्दा, थोड़े दिनों के बाद एक और हम-जिंस मिल गईं। इसके बाद और भी मिला कीं मगर,

न बे-वफ़ाई का डर था न ग़म जुदाई का
मज़ा मैं क्या कहूँ आग़ाज़-ए-आश्नाई का

वो पहली सी बात फिर न नसीब हुई। अब रुपए भी कम रह गया था। इसलिए आमदनी बढ़ाने की भी फ़िक्र हुई। बी मुद्दी ने तहसीलदार के आज़ा[34] के आगे हाथ बढ़ाया न फिर से शादी की हवस की। बल्कि ख़ुद काम करने पर तैयार हो गईं। पराठे कबाब बनाना शुरू किए, जाड़ों की फ़स्ल[35] में अण्डे और गाजर का हलवा बनाने लगीं। कुछ औरतों की ज़रूरत का बिसात-ख़ाना भी मँगवा लिया। चिकन क्रोशिया का भी ढच्चर डाला। बेचने वालों की कमी न थी। इर्द-गिर्द की लड़कियाँ और औरतें सौदा बेच लाती थीं। और हक़-उल-मेहनत[36] से ज़्यादा हिस्सा पाती थीं। बी मुद्दी को सौदागरी का सबसे बड़ा गुर नहीं याद था। यानी जो आदमी बहुत से काम साथ ही करता है वो कोई काम नहीं कर सकता। नतीजा ये हुआ कि ख़र्च आमदनी से ज़्यादा ही रहा। यहाँ तक कि मकान भी गिरवी रखना पड़ा।

रुपऐ के जाने के बाद तौक़ीर में भी फ़र्क़ आ जाता है। मगर उसकी शाइस्तगी[37], रख-रखाव ऐसा था कि फिर भी लोगों की नज़र में हल्की न हुई। कपड़े अब भी सलीक़े के पहनती थी। गाढ़ा पर्दा कभी नहीं था। आज भी सड़क पर मारी-मारी नहीं फिरती थी। तनख़्वाह वाले नौकर कभी नहीं थे। आज भी काम-काज करने वाले आसानी से मिल जाते थे। मगर इक़बाल-मन्दी में घुन बहुत दिनों से लग चुका था इसलिए चेहरे की आब[38] रुख़्सत हो चुकी थी।

ज़माना बदल जाने से मिज़ाज में भी फ़र्क़ आ गया था। एक दिन उनके घर में कई औरतें जमा थीं। किसी ने कहा बिन

मर्द की औरत किस गिनती-शुमार में है।"

बी मुद्दी बोल उठीं "सच कहती हो बहन।"

ऐसी बात उनके मुँह से कभी नहीं सुनी गई थी। ये सुन कर बाज़ ने दूसरों को इशारा किया। बाज़ ने इत्तिफ़ाक़ किया। दो-एक ऐसी भी थीं जो मुद्दी का मुँह तअज्जुब से देखने लगीं। ये वो थीं जिन्होंने मुद्दी के मुँह से मर्द का नाम बिला नाक-भौं चढ़ाए सारी उम्र में नहीं सुना था।

ज़माना गुज़रता गया मगर बी मुद्दी के दिन न फिरने थे न फिरे। कुछ दिनों के बाद एक शाह साहब आए। बहुत मरजा-ए-ख़लाइक़[39] थे। अक़ीदत-मन्दों[40] का हुजूम हर वक़्त लगा रहता था। बी मुद्दी भी दो-तीन बार कबाब पराठे की नज़्र-ओ-नियाज़ पेश कर चुकी थीं। इतने में ख़बर उड़ी कि शाह साहब हज को जाएँगे। हमेशा मुर्ग़-पुलाव तवक्कुल[41] पर खाया किए। अब हज भी तवक्कुल पर करेंगे। जिस दिन शाह साहब चले, लोगों ने देखा मद्दि भी दामन से लगी चली जा रही हैं और लोगों से कहा-सुना मुआफ़ करा रही हैं। जो कुछ बची-बचाई पूँजी थी वो बेच कर नक़्द कर लिया। बाक़ी के लिए शाह साहब की ज़ात और तवक्कुल का तोशा[42] काफ़ी ठहरा। हज से वापसी पर वतन नहीं आईं बल्कि शाह साहब ही के क़दमों से लगी रहीं। शाह साहब अपने वक़्त के बलअम-ए-बाऊर[43] थे। जी चाहे अलगनी पर डाल दीजिए। चाहे चादर की तरह काँधे पर लटका लीजिए। मुद्दी में जवानी की कन्नी गलने में अब भी देर थी। मगर शाह साहब को देखकर ख़्वाब में भी आश्नाई का ख़याल नहीं होता था। लेकिन अगर ग़ौर

कीजिए तो पीर भी एक तरह का शौहर ही होता है जिस पर मुरीद उसी तरह तकिया करता है जैसे औरत मर्द पर।

* * *

---

1. तपेदिक का रोगी 2. हट के 3. बारीक नोक वाला ब्रश 4. उपाय, प्रस्ताव 5. अंग 6. प्रेमी 7. हथियार 8. अनिच्छा 9. स्त्रीत्व 10 हुक्म के अधीन 11. केन्द्रहीन 12. छाया हुआ 13. खुसुर-फुसुर 14. अविष्कार 15. झुकाव 16. करतूत 17. सज्जन, भद्र 18. शिष्टाचार 19. सामान, अनाज 20. चकित 21. क़ुरआन का तीसवाँ सिपारा 22. पति होने की स्थिति 23. हिमायत 24. ओछापन 25. ठहरने 26. प्लेग, महामारी 27. काना-फूसी 28. रद करना 29. कु कृत्य 30. चपटी लड़ाना, औरतों की समलैंगिकता 31. भाग 32. क्रिया 33. खोजी 34. अंग 35. मौसम 36. परिश्रमिक 37. शराफ़त 38.चमक 39. पूरी सृष्टि का केन्द्र 40. भक्तगण 41. ईश्वर पर भरोसा करके 42. गठरी 43. एक यहूदी बज़ुर्ग जिसने हज़रत मूसा को बद-दुआ दी थी

मीठा माशूक़

अल्लाह बख़्शे मिर्ज़ा साहब का दिमाग़ बज़्ला-संजियों[1] का ज़ख़ीरा[2] था, ज़बान चुटकुलों की पोट थी। फिर उम्र भी इतनी पाई कि दूसरे के पास इतना सामान हो ही नहीं सकता था। इसके अलावा अन्दाज़-ए-बयान कुछ ऐसा था कि सीधी सीधी बात, रोज़मर्रा के वाक़ियात जब कहने लगते थे तो दास्तानगो[3] की दास्तानें मात थीं।

न मालूम किस तरह का उलट-फेर लफ़्ज़ों का होता था कि जुमलों में नए-नए मआनों की झलक पैदा हो जाती थी। इख़्तिसार[4] के बादशाह थे। एक दिन एक शायर साहब कहने लगे मैं तो बहुत कम कहता हूँ। मिर्ज़ा साहब बोले- "ख़ैर ग़नीमत है।" उनका तूल भी ऐसा ही दिल-आवेज़[5] होता था। किसी ने मिज़ाज-ए-शरीफ़ पूछा, कहने लगे- "अगर शुक्र नहीं भी है तो शिकायत की मजाल किसको है?"

एक क़िस्सा ख़ुद अपने ख़ानदान का बयान करते थे, मगर वो ज़बान कहाँ से लाऊँगा, फ़रमाने लगे कि ग़दर के

बाद हमारे एक ददिहाली अज़ीज़ थे। लखनऊ से फ़ासले पर रहते थे। उनका मुक़द्दमा फ़ाइनेंशियली में था। रेल उस वक़्त तक निकली नहीं थी। लोग शिकरम और ऊँट-गाड़ियों पर सफ़र करते थे। उमरा कहारों की डाक बिठाकर चलते थे। मुतवस्सित हाल लोग अपने घर की रथ बहलियों पर मआ नौकरों-चाकरों के आहिस्ता-ख़िराम बल्कि मुखराम की चाल चलते थे। उन्हीं हज़रात में मिर्ज़ा साहब के चचा भी थे, ख़ुद-बहली पर, और मुसाहिबत[6] में मुख़्तसर रियासत के दीवान मुंशी बख़्त बली कायस्थ जिनके छोटी बड़ी रियासत का होना वैसा ही मुम्किन था जैसे उनकी माश की दाल बे हींग के हो। ज़िलों में कारकुन[7] साहब जिनको नाइब[8] कह लीजिए, टट्टू पर एक लठ-बन्द सिपाही और दो नफ़र हमराही, जिनमें एक बड़े मिर्ज़ा साहब का ख़िदमतगार और दूसरा नाइब साहब का नीम साईस[9] और नीम ख़िदमतगार और वक़्त-ए-ज़रूरत बावर्ची भी। मेरी गुस्ताख़ी की जसारत माफ़ हो। इस जगह मैं अपने पढ़ने वालों का इम्तिहान लेना चाहता हूँ, भला बताइए तो इस कहानी का हीरो कौन है? "इतने के बीच मोरी बिंदिया हिरानी" है, इन्हीं लोगों में मगर "तिनके ओट पहाड़" अगर आप बूझ गए तो हम भी क़ायल हैं।

बहली के साज़-ओ-सामान में बिछौने, लाला की लुटिया, मिर्ज़ा साहब का लोटा, जा-नमाज़, मुख़्तसर सामान मतबख़[10], एक अदद तवा और एक दो पतीलियाँ, कुछ दाल मसाले की पोटली बहली के पीछे जाल में, मसल मुक़द्दमा की दीवान जी की बग़ल में, मगर लाला साहब और बड़े मिर्ज़ा साहब के दरमियान में और गाड़ीबान के पीछे ये कौन चीज़ रखी है?

हज़रत उसको न पूछिए, यही तो क़िस्से की जान है। अगर ये न होती तो कहाँ हम कहाँ आप, ये कहानी, बड़े मिर्ज़ा साहब के ऐसे हज़ारों सफ़र कर गए, हज़ारों सफ़र कर रहे हैं और लाखों सफ़र करेंगे, मगर हर मुसाफ़िर की कहानी थोड़े ही लिखी जा सकती है। दास्तान-गो और क़द्र-दानों को जमा करने वाली वही है जो बहली के बीचों बीच में बड़ी हिफ़ाज़त से रखी है। ये मिठाई की एक टोकरी है जिसमें कम से कम दस-बारह सेर मिठाई होगी। उस पर एक पुरानी चादर सिली हुई है और अन्दाज़ से सौग़ात मालूम होती है।

तीन दिन दो रातों का सफ़र है, ख़ुदा-ख़ुदा करके पहला दिन कटा, सिरा की सूरत दिखाई दी। कमरें खुलीं, अस्बाब उतारा गया। लाला ने अर्ज़ की कि उनके एक अज़ीज़ का घर सराय से थोड़ी ही दूर पर है। अगर बड़े मिर्ज़ा साहब इजाज़त दें तो ये वहीं सो रहें। ज़रूरी सामान मिस्ल हुक़्क़ा, बिछौने के, कोठरी में उतारा गया। बाक़ी भटियारी की सुपुर्दगी में दिया गया। इतने में भटियारी पान खाए मुँह लाल किए मुस्कुराती सामने आन खड़ी हुई। "मियाँ! मिठाई मेरे यहाँ न रखते तो अच्छा होता। मेरे लड़के बहुत शरीर हैं, खाने पीने की चीज़ रखने वाला मेरा घर नहीं। अगर नुक़्सान हो गया तो मैं कहाँ से पूरा करूँगी।" बड़े मिर्ज़ा साहब परेशान हो गए, बे-साख़्ता अपने ख़िदमतगार पर निगाह जमाई और फिर कारकुन साहब की तरफ़ बेबसी से देखा और ज़बान-ए-हाल[11] से बोले कि बताओ अब क्या किया जाए। जब कोई कुछ न बोला तो फ़रमाने लगे कि मिठाई उस कोठरी में नहीं रह सकती। अपने ख़िदमतगार की तरफ़ इशारा करके कहने लगे कि जब तक ये

मर्दूद यहाँ है मिठाई की टोकरी उस कोठरी में नहीं रह सकती।

मुलाज़िम- (निहायत बेबाकी से जिसमें गुज़िश्ता और मौजूदा झूठे सच्चे इल्ज़ामात की शिकायत भी पाई जाती थी) "हम आपकी कोठरी के पास न जाएँगे। ऐसी-ऐसी मिठाई की तरफ़ हम फिर के भी न देखेंगे। रास्ते में छोड़कर चले जाना नमकहरामी है, मगर घर पहुँच कर मियाँ हमारा हिसाब हो जाए। पेच पी हज़ार नेमत खाई। अब हम नौकरी न करेंगे। चार आदमियों के बीच में जब देखो आप हमको चोरी लगाते हैं, हाथ बेचा है कोई ज़ात नहीं बेची है, जब आबरू ही न रही तो नौकरी किस काम की। अपने घर के सूखे टुकड़े हमको बहुत हैं, जहाँ काम करेंगे वहीं पेट पल जाएगा।"

बड़े मिर्ज़ा साहब- (नाइब साहब की तरफ़ इस तरह मुख़ातिब हुए गोया उन्होंने मुलाज़िम की बातें सुनी ही नहीं) "शेख़ जी! ये मिठाई कहाँ रखवाई जाए?"

शेख़ जी- "आपको अगर ऐसा ही ख़याल है तो मुंशी बख़्त बली के साथ कर दीजिए, सुब्ह को लेते आएँगे।" "हाँ हाँ ठीक है। लाला! तुम ये टोकरी लेते जाओ, इसी तरह ये बच सकती है, नहीं तो ये मर्दूद ज़रूर खा जाएगा।"

नाज़रीन! ऐसे बदतमीज़, बदनीयत नौकर को रखना मिर्ज़ा साहब ही का काम था। क्योंकि बजाय हमारे आपके मिर्ज़ा साहब ही का हाथ पत्थर के नीचे दबा था। घर में एक नौजवान लड़की रहती थी। उससे और बड़े मिर्ज़ा साहब से कुछ लगा सगा हो गया, बेचारे भारी भरकम, मुहज़्ज़ब[12], शाइस्ता[13], ज़ी इज़्ज़त आदमी थे, मगर दिल के हाथों मजबूर हो गए थे

और उस मुक़ाम पर पहुँच चुके थे जहाँ रज़ील शरीफ़ सब में मुसावात होती है।

बन्दा-ए-इश्क़ शुदी तर्क-ए-नसब कुन जामी
कंदरीं राह-ए-फ़ुलाँ इब्न-ए-फ़ुलाँ चीज़े नीस्त

चीज़ अच्छी थी, जैसे घूरे का गुलाब, न पगड़ी में लगाते बने, न तोड़कर फेंकते बने। इसलिए यही ठहरी थी कि एक टट्टी की आड़ ज़रूर होनी चाहिए और ये मुलाज़िम साहब वही टट्टी थे, जिनकी आड़ में शिकार होता था। चूँकि इन वाक़िआत से तीनों फ़रीक़ वाक़िफ़ थे। इस वज्ह से आप ही कहिए कि इस तस्लीस[14] में तफ़रीक़[15] क्यूँ कर हो सकती थी। रात को लोगों ने आराम किया और सुब्ह अँधेरे मुँह चलने का पा-तुराब[16] हुआ। मगर मुंशी जी को आने में कुछ देर हुई। मिर्ज़ा साहब का मुलाज़िम दौड़ा गया। मुंशी जी आए तो मगर बहुत परेशान और शर्मिन्दा।

मुंशी जी- "हुज़ूर एक बड़ी ग़लती हो गई है, जो सज़ा दीजिए कम है, मुझसे एक चूक हो गई।"

मिर्ज़ा साहब- "क्या चूक हो गई है?"

मुंशी जी- "चूक हुज़ूर ये हो गई है कि जब आपका ख़िदमतगार पहुँचा तो मैंने अपने अज़ीज़ से कहा कि मिठाई अन्दर से मँगवाओ और मैं बैठ कर दातून करने लगा, इतने में टोकरी में कुत्ते ने मुँह डाल दिया।"

बड़े मिर्ज़ा साहब- "आएँ! ये कैसे हुआ? (ख़िदमतगार की तरफ़ इशारा करके) और ये कहाँ था?"

मुंशी जी- "ये भी वहीं थे। इन्होंने ही दुत-दुत कहा मगर वो मुँह डाल चुका था।"

बड़े मिर्ज़ा साहब- "अजी बिल्कुल ग़लत, कुत्ता वुत्ता कुछ नहीं, ये इसी बेईमान की हरकत है। तुम मुंशी जी इसको क्या जानो, ये बड़ा हरामज़ादा है। हरामख़ोर नमकहराम आदमी है।"

मुलाज़िम- "आप हम ही को कहते हैं, देखिए कपड़ा दाँत से फटा है कि नहीं, अगर मैं दुत दुत न करता तो सब खा जाता।"

बड़े मिर्ज़ा साहब, "कुछ नहीं, एक ही तरफ़ तो ख़राब हुई है। इसने कपड़ा दाँत से फाड़ डाला होगा और फिर दुत दुत चिल्लाया होगा। अजी मैं इसके हथकण्डों से ख़ूब वाक़िफ़ हूँ। भटियारी से कहो कि जल्दी से इसको सी दे, ये मिठाई ख़राब वराब नहीं है।"

लीजिए साहब दूसरे दिन का सफ़र शुरू हुआ और शाम को बजाए सराय में सोने के, मैदान में पड़ाव डालने की ठहरी, चाँदनी आधी रात के पहले पहले खेत कर आएगी। चपकुलश से ये खुले मैदान की हवा कहीं ख़ुशगवार है। बहली एक तरफ़ खड़ी की गई और बैल और घोड़ा दरख़्तों से बाँधे गए। गाड़ीबान और साईस जानवरों की हिफ़ाज़त के लिए निकल गए। बाक़ी लोग मिठाई की रखवाली करने लगे। बीच में मिठाई की टोकरी और उसके एक तरफ़ ब-नफ़्स-ए-नफ़ीस[17] ख़ुद मिर्ज़ा साहब का बिस्तर लगा। दूसरी तरफ़ नाइब साहब, तीसरी तरफ़ मुंशी जी का और चौथी जानिब सिपाही तैनात

हुआ। ये देखकर ख़िदमतगार ने अपना मुख़्तसर बिछौना बहुत दूर हट कर लगाया। रात को दो का अमल रहा होगा कि दूर से आवाज़ आई, दुत दुत। मिर्ज़ा साहब उठ बैठे और नाइब साहब से कहने लगे- "शेख़ जी देखते हैं आप, कुत्ता इसी साले को दिखाई दिया और किसी को नहीं।"

ख़िदमतगार- "मियाँ आप गाली दे रहे हैं। वो देखिए काला काला जा रहा है।" ख़ैर रात को भागता हुआ कुत्ता किसी को क्या दिखाई दिया होगा। मगर टोकरी का कपड़ा फिर उसी तरह फटा हुआ पाया गया और कुछ मिठाई भी इधर-उधर पड़ी देखी गई। कुत्ते और आदमी का मसला दुबारा ताज़ा हुआ। आज भटियारी तो थी नहीं, लेकिन सूई-धागा सिपाही के बटुवे में निकल आया और मिर्ज़ा साहब ने ख़ुद गाँठ-गाँठ कर टोकरी को दुरुस्त किया और शाम-ओ-शाम बख़ैर-ओ-ख़ूबी[18] लखनऊ पहुँच गए।

लखनऊ से दो-चार कोस पहले जब बड़े मिर्ज़ा साहब एक ख़ास ज़रूरत से अरहर के खेत की तरफ़ तशरीफ़ ले गए थे और ख़िदमतगार लोटा लेकर साथ गया था, उस वक़्त मुंशी जी और सिपाही में मिठाई की बातें छिड़ीं थीं। उन दोनों आदमियों को मिठाई से कोई वास्ता नहीं हो सकता था, इसलिए ये लोग बेहतर राय क़ायम कर सकते थे। मुंशी जी का ख़याल था कि मिर्ज़ा साहब इतने शौक़ से मिठाई की सौग़ात लेकर चले हैं। वो नहीं चाहते कि कुत्ते वाली बात साबित हो जाए क्योंकि फिर तो मिठाई फेंक ही देना पड़ेगी। सिपाही उसके ख़िलाफ़ था, मगर उसकी भी राय बदल चुकी थी कि नाइब साहब का मुलाज़िम आ गया और उसने आहिस्ता से

कहा कि ख़िदमतगार ने मिठाई की दो डलियाँ मुझको भी दी हैं। अब मुआमला साफ़ हो गया। मिर्ज़ा साहब से किसी ने नहीं कहा। ब-हरहाल लखनऊ पहुँच कर मिठाई रात को सराय की कोठरी के अन्दर क़ुफ़्ल[19] में रखी गई और रात ही से सुब्ह को कचहरी की तैयारियाँ शुरू हुईं। मुंशी जी किसी और काम से भेजे गए और ख़ुद मिर्ज़ा साहब मअ नाइब साहब के अदालत को चले। एहतियातन ख़िदमतगार अलैह-मा-अलैह[20] को साथ ले लिया कि मिठाई उसके दस्त-ओ-बुर्द[21] से बची रहे।

अदालत के दरवाज़े पर ख़िदमतगार से बस्ता माँगा गया तो मालूम हुआ कि वो कोठरी ही में रखा है। मिठाई की तबाही और नीज़ लज़्ज़त तीनों आदमियों की निगाहों में फिर गई, मगर मरता क्या न करता, वही ख़िदमतगार वापस भेजा गया, और सख़्त हुक्म दिया गया कि उल्टे पाँव वापस आए, मिठाई का ख़याल बार-बार आया, मगर मजबूरी थी। अब मिर्ज़ा साहब की उलझन न पूछिए, बेचारे परेशान हाल सरासीमा[22] इधर-उधर टहल रहे हैं। "क्यों शेख़ जी अगर पुकार हो गई तो क्या होगा? मुक़द्दमा तो ख़ाक में मिल ही चुका। ग़ज़ब तो ये है कि जो कोई सुनेगा क्या कहेगा कि गए थे मुक़द्दमा लड़ने और मसल[23] घर ही छोड़ आए। हमारे मद्द-ए-मुक़ाबिल वतन पहुँच कर क्या-क्या हँसी उड़ाएँगे। क़िस्से को कैसा-कैसा मशहूर करेंगे, नमकहरामी की इन्तिहा कर दी।"

"अब घर पहुँचते ही इस मरदूद बेईमान, मुरब्बी-कुश[24], मुहसिन-सोज़ मार-ए-आस्तीन[25] को निकाल ही देंगे और बुरी तरह निकालेंगे। भला मैं कहता हूँ कि दूसरे फ़रीक़ से मिल तो नहीं गया है और जो मसल सरा में भी न हुई तो। ये बड़ा

बेवक़ूफ़ है इसका ऐतबार तो शायद दुश्मन भी न करें।"

शेख़ जी- "जी नहीं, इतने दिनों का रहा सहा है, ऐसा तो क्या करेगा, देखिए मालूम हुआ जाता है। अगर पेशी के वक़्त तक न आया तो कोई न कोई तरकीब निकाल ही ली जाएगी। आप परेशान न हों।"

बड़े मिर्ज़ा साहब- "परेशान कैसे न होऊँ, सब की कराई मेहनत ग़ारत-ग़ोल[26] हुई जा रही है। नुक़्सान माया और शमातत–ए-हमसाया ऊपर से। ख़ुदा करे अभी पुकार न हो।"

मिर्ज़ा साहब ये दुआएँ माँग ही रहे थे कि क़यामत का सूर फुँक गया, "मिर्ज़ा फ़ुलाँ बनाम फ़ुलाँ, कोई हाज़िर है?" चेहरे पर हवाइयाँ छूटने लगीं। कलेजा बल्लियों उछलने लगा, हाथ पाँव बर्फ़ हो गए, हवास ये जा वो जा। ख़िदमतगार से जा मिले।

बड़े मिर्ज़ा साहब- "अब क्या होगा शेख़ जी?"

शेख़ जी- "चलिए तो अदालत से उज़्र करेंगे।"

ख़ुदा ने ख़ैर की कि वहाँ पहुँचते ही मालूम हुआ कि तारीख़ बढ़ गई। जान में जान आई। बाहर निकले, कुछ ख़ुश कुछ ग़ुस्सा लम्बे-लम्बे क़दम रखते चले कि मसल की ख़बर लें। सरा के फाटक पर नाइब साहब का नौकर दिखाई दिया।

बड़े मिर्ज़ा साहब- "और वो क्यों नहीं आया?"

नौकर- "उसने कहा कि मेरे पाँव में मोच आ गई है। तुम लेकर जाओ।"

बड़े मिर्ज़ा साहब- "शेख़ जी मिठाई की ख़ैर नहीं मालूम होती।"

दूर ही से कोठरी की कुण्डी उतरी हुई और दरवाज़ा भिड़ा हुआ दिखाई दिया। मिर्ज़ा साहब ने चाल बदल दी और दबे-पाँव चलने लगे। दराड़ से भिड़ कर मुलाहिज़ा किया। देखते क्या हैं कि पलंग पर रंग बिरंग की मिठाई का चूरा और टुकड़े बिखरे हुए बहार दिखा रहे हैं। टोकरी का गिरेबान पहले ही से तार-तार हो चुका है और रक़ीब-ए-रू-सियाह[27] का मुँह और जेबें फूली हुई हैं और वो पाँचों उँगलियाँ ज़मीन पर रगड़ रगड़ कर साफ़ चादर पर मौक़े मौक़े से कुत्ते के पाँव बना रहा है। दरवाज़ा खुला धड़ से। चटाख़, चटाख़, चट-पट, धम-पट तड़- "भला बे अंधी राण्ड के जने, आज पकड़ा गया ना।"

* * *

1. चटख़ारेदार बातें 2. ढेर 3. कहानी-कार 4. कम शब्दों के प्रयोग का माहिर व्यक्ति 5. दिल खींचने वाला 6. याराना 7. कार्यकर्ता 8. सहायक 9. घोड़े की सेवा करने वाला 10. रसोई घर 11. बेचारगी 12. सभ्य 13. सुशील 14. तीन 15. विभाजन 16. यात्रा की तैयारी 17. स्वंय 18. सकुशल 19. ताला 20. ऐसे-वैसे 21. चोरी चकारी 22. हैरान-परेशान 23. मुक़द्दमे के काजगात 24. एहसान न मानने वाला 25. आस्तीन का साँप 26. बरबाद 27. जानी दुश्मन

दूर का निशाना

लाला बंसीधर थे तो ज़ात के बनिए, और वो भी किशोर धन जो बनियों में ऊँची ज़ात नहीं समझी जाती है। मगर अपने अन्दाज़-ए-शराफ़त से हेमूँ बक़्क़ाल, टोडरमल मजार-गो, सब की याद ताज़ा कर देते थे। घर के अन्दर बैठकर जो पूजा-पाठ कर लेते हों मगर बाहर आज़ाद ख़याल, आज़ादा-रूह मशहूर थे। आजकल की आज़ादा-रूह नहीं कि बातें करने में बदतमीज़ी तमग़ा-ए-ख़ुद्दारी समझा जाए और खुल्लम-खुल्ला हर चीज़ खाना-पीना नई रौशनी की पहचान ठहरे।

हुस्न-ए-इत्तेफ़ाक़[1] से हुस्न-परस्त भी वाक़े हुए थे। इसलिए लखनऊ के चौक और शहर के पश्चिमी हिस्से से जहाँ क़दीम कल्चर के नामलेवा नवाब रहते हैं ज़्यादा वाक़िफ़ थे। लखपति मशहूर थे और अदालत-ए-दीवानी से ख़रीदी हुई ज़मींदारी सब ही कुछ था मगर सोहबत के यक़ीनन ऐसे थे कि बावजूद मसरूफ़ियत के इन जलसों के लिए वक़्त निकाल लेते थे। चौक भर की ख़बर रखते थे। जहाँ कहीं जलसा हुआ

या प्राइवेट मुजरा हुआ, वहाँ पहुँच ही जाते थे और रख-रखाव ऐसा था कि इन जलसों में हाशिया-नशीन[2] होकर नहीं बैठते थे बल्कि मसनद का कोना दबाकर बैठने वालों में शुमार होता था। जहाँ कहीं अरबाब-ए-निशात के इन्तख़ाब का सवाल पेश होता था वहाँ इनकी राय बहुत क़ीमती समझी जाती थी। और ऐसे अहम मुआमलात में जो ख़ुश-क़िस्मत इनका मशवरा हासिल कर सकता, वो मुत्मइन हो जाता था कि सूरत, दिन, सिन[3] और फ़न के लिहाज़ से अब कोई कसर नहीं रह गई।

आदमी मुन्कसिर-उल-मिज़ाज और ख़िदमत करने का जज़्बा रखते थे, मगर जहाँ से दिल के मुआमलात शुरू होते थे वहाँ से इनकी ख़ुद्दारी इनको इजाज़त नहीं देती थी कि दूसरे के मुआमलात से वास्ता रखें। तज्रबे ने उनको बता दिया था कि चाहे जितना बड़ा दोस्त हो या कितना ही दौलतमन्द मुलाक़ाती हो अगर इन प्राइवेट मुआमलात में ये किसी की मदद करेंगे तो ज़लील हो जाएँगे।

मेरे पढ़ने वाले कहते होंगे कि लिखने वाला सठिया गया है। न मालूम कहाँ की दक़ियानूसी, बद-अख़लाक़ियों और बद-तहज़ीबियों को पेश कर रहा है और ये भी ख़याल नहीं करता कि नौजवान लोग पढ़कर बे-राह हो जाएँगे। चौक और चौक-बाज़ारों का ज़िक्र क़ानूनन ममनू हो जाना चाहिए। मैं अर्ज़ करूँगा कि कहीं ऐसा कीजिएगा भी नहीं, नहीं तो ना-मालूम कितने रेस्तराँ, कितने होटल, कितने कॉफ़ी हाउस, कितने मिल्क कॉर्नर्स पर क़ुफ़्ल पड़ जाएँगे और नौजवानों को जो सबक़ फ़ितरत पढ़ा चुकी है वो तो भूलने से रहे लेकिन ज़ेब-उन-निसा की तरह चिल्ला उठेंगे कि,

पाक बाज़ी-ए-मन बाइस-ए-गुनाह-ए-मन अस्त

जिस ज़माने की बातें कर रहा हूँ उस वक़्त ईद और दूसरे ख़ुशी के मौक़ों पर बा-ज़ाब्ता महफ़िलें होती थीं जिनमें बच्चे, बूढ़े, जवान सब बा-ज़ाब्ता शरीक होना अपना फ़र्ज़ समझते थे। हर अयाज़ अपनी क़द्र पहचान कर बर्ताव करता था। कोई ख़ाली सुम पर गर्दन हिला देता था। कोई "आँ" भी कह देता था। कोई ख़ाली वाह करना अपना मंसब समझता था, कोई मौसीक़ी के नुकात[4] बयान कर देता था और बुज़ुर्ग-ए-महफ़िल ख़ाली शगुफ़्ता-मिज़ाजी चेहरे से ज़ाहिर करता था और उन्हीं मवाक़े[5] पर बाज़ नौजवानों की निगाहों का जायज़ा लेते हुए ज़ुबान-ए-हाल से कहता था,

अच्छा है दिल के साथ रहे पासबान-ए-अक़्ल[6]
लेकिन कभी-कभी इसे तन्हा भी छोड़िए

लाला बंसीधर के ऐसे लोग आर्टिस्ट से तहज़ीब के साथ बातें करके उसका दिल भी बढ़ाते थे। लीजिए साहब, सारंगी पर लहरा शुरू हुआ। ये नाच की तसरीहें करते जाते हैं कि श्री कृष्ण की लीला है। श्री कृष्ण जी बचपन में गेन्द खेल रहे थे। गेन्द समुन्दर में जा गिरा। नागदेव ने मुँह में ले लिया। श्री कृष्ण जी ने उसको फाँस लिया है। समुन्दर में जाकर उसके मुँह से गेन्द ला रहे हैं। नाचने वाली ने बायाँ हाथ काँधे की सीध पर पूरा लम्बा किया। दूसरा हाथ भी काँधे की सीध पर रहा। मगर कहीं से ख़म होकर पंजा सीने के सामने आ गया। बाएँ हाथ के पंजे ने साँप का फन साबुत किया है, दाहिने हाथ की उँगलियों ने ठुमकियाँ देकर ये ज़ाहिर किया कि जब साँप

फँस गया तो श्री कृष्ण जी ने यूँ ठुमकियाँ बताईं। नाचने वाली पेश-दर-पेश चाल से बता रही है कि साँप की कुण्डलियों पर चढ़कर श्री कृष्ण यूँ गेन्द समुन्दर से लाए थे। हाथ का पंजा माथे के सामने आ गया। कलाई माथे से छू गई। उँगलियाँ ऊपर को उठी रहीं, हथेली महफ़िल की तरफ़ रही। ये कृष्ण जी का मुकुट हो गया।

अब महादेव जी का नाच शुरू हुआ। तेज़ी से घूम-घूम कर चारों हाथों से दुनिया बना रहे हैं। लाला बंसीधर इस तरह अर्थ बताते हैं कि हर तोड़े हर पलटे के मआनी आईना होते जाते हैं। ये लीजिए पार्वती के नाज़-ओ-अन्दाज़ शुरू हुए, हर पहलू से अपने को बचाती हैं :

वो क्या करे कि मुहब्बत का मुतक़ज़ी[7] है यही
वगर्ना फ़ायदा इसको मिरे सताने से

लय की नज़ाकतों, पर्न[8] की मुश्किल, जगहों की दाद अलग देते चले जाते हैं कि सुनने वालों का लुत्फ़ दोगुना होता जाता है। लीजिए साहब, इसके बाद भाव शुरू हुए, वो हिनाई[9] नाख़ून, होठों की सुर्ख़ी और आँखों के लाल डोरों की तरफ़ इशारा करती है। ये महजूर के ख़ून-ए-दिल का पता देते हैं कि ख़ुशी की ख़बरें भी हों, रंज में लहू के आँसू रुलाती हैं,

अपनी बिपता मैं का से कहूँ
तुम्हरे कारन जो दुख पावा

के मआनी अब आईना हो गए। उसने अंगूठे की आरसी देखी, ज़र्द दुपट्टे का आँचल हाथ पर लिया कि रंग ऐसा हो गया है। कलाई से नीचे को इधर-उधर उल्टे-पल्टे दिए कि रात

करवटें बदलते कटी है। पछतावे के अन्दाज़ से दाहिने हाथ की हथेली पर ठुड्डी जमाई। उस हाथ की हथेली कोहनी के नीचे रखकर ख़याली ज़ानू क़ायम किया। उन्होंने अन्तरे के मआनी हुवैदा[10] कर दिए कि,

"कदर पिया तुमरी खता (ख़ता) ना हैं

मोरा क्या मोरे आगे आवा"

यूँ साबित करते हैं। ख़याल को और चोखा बनाने के लिए मौक़े का शेर भी पढ़ दिया।

ज़रा उठाओ तो नज़र उदास क्यों हो इस क़दर
ये ख़ुश्क[11] लब, पे चश्म-ए-तर[12], ये क्या नसीब-ए-दुश्मनाँ

ये हिस्सा तो लाला बंसीधर का हुआ। इसी तरह बड़े-छोटे सदर-नशीन, हाशिया-नशीन, सफ़-ए-नआल[13] वाले सब मिलकर कल्चर का मायार[14] मज़बूत करते हैं, ये नहीं कि हर मौक़ा दावत-ए-पर्दा-दारी[15] दे और बे-पर्दगी ख़ल्वत-ओ-जल्वत[16] का फ़र्क़ मिटा दे। ये तो बा-ज़ाब्ता सोहबतों का हाल हुआ। अब लाला बंसीधर की प्राइवेट तफ़रीहों का हाल सुनिए। दिन को बड़ा चौकोर ज़मुर्रद[17] हाथ में पहने रहते थे। शाम को जब सैर के लिए निकलते थे तो उन्नीस-बीस कैरेट का हीरा ऊँगली में इज़ाफ़ा होता था। गले में सोने की दो मोटी-मोटी लड़ें होती थीं। इत्र के मामले में ज़री टकसाली गुलाब का क़ीमती इत्र मलते थे जिसकी ख़ुशबू से नाज़ुक-मिज़ाजों को छींकें आने लगती थीं। इतनी तमीज़दारी ज़रूर थी कि ख़स का इत्र सिर्फ़ गर्मियों ही में लगाते थे, मगर उसके आगे नफ़ासत का लिहाज़ कम रह जाता था। मसलन केवड़े का इत्र जो सिर्फ़

आबदार-ख़ाने और भिण्डी-ख़ाने में काम आता है सर के तेल में डाल लेते थे।

ज़नाना-मर्दाना इत्रों में फ़र्क़ नहीं करते थे। फूलों के हल्के इत्र जैसे चम्बेली, जाड़ों में भी लगा लेते थे। जाड़ों के इत्रियात मसालिहा वाले जैसे हिना, शम्माम-उल-अम्बर[18] गर्मियों में इस्तेमाल कर जाते थे। मज्मूओं की नज़ाकतों का ख़ैर कौन ज़िक्र, जिन्हें मुख़्तलिफ़ इत्रों का ख़याल हो और फिर भी तमीज़ न हो सके कि भीनी-भीनी हल्की-हल्की ख़ुशबू जन्नत से आई या इसी दुनिया में पैदा हुई। जब बे-फ़स्ल की लपटें आती थीं तो नफ़ीस मिज़ाज कह उठते थे कि "बू-ए-कचोरी मी आयद"। महाजन आदमी थे इसलिए दिल के मुआमलात में भी हुदूद के बाहर पाँव नहीं पड़ता था। एक दिन बे-तकल्लुफ़ी में कहने लगे कि साल में हम सबसे पहले तो वो पूँजी निकाल लेते हैं जो कारोबार में लगाई थी। इसके बाद ख़ाना-दारी के अख़राजात अलग कर लेते हैं। इसके बाद मुनाफ़े में जिस क़दर मुनासिब हुआ पूँजी में इज़ाफ़ा करते हैं। सब के बाद कुछ रुपए अपने दिल की ख़ुशी के लिए अलैहदा कर लेते हैं। ये रुपए हम बे-धड़क सर्फ़ करते हैं, अगर कोई गोमती के किनारे बैठकर हमारे साथ रुपए पानी में फेंके और ये खेल हमको पसन्द आ जाए तो हम इसमें भी मुक़ाबला करने को तैयार हैं लेकिन जब दिल की ख़ुशी वाला माल ख़त्म हो जाएगा तो हम उठ खड़े होंगे। फिर दिल और दिल के अफ़्कार को ख़ुदा हाफ़िज़।

एक दाद-ए-राह "दिल ऐके से लागे हजारों (हज़ारों) खड़े" लाला आदमी वसी-उल-अख़लाक़ हैं इसलिए गो

मंज़ूर-ए-नज़र एक ही रहती थी। मगर ख़ैर सलाह सबकी पूछ आते हैं। शाम से लेकर दस बजे तक,

"रात ही भर गो रहे लेकिन गुलों में हम रहे"

का आवाज़ बुलन्द किया करते थे। किसी से तकल्लुफ़ और तहज़ीब की मुलाक़ात होती थी। किसी से ख़ुलूस और बे-तकल्लुफ़ी थी। बाज़ से मज़ाक़ और किनायों की चोटें चलती थीं। कहीं-कहीं एक-आध मनचली ऐसी भी होती थी जहाँ ग़ालिब मरहूम याद आ जाते थे:

धौल-धप्पा उस सरापा-नाज़ का शेवा नहीं
हम ही कर बैठे थे 'ग़ालिब' पेश-दस्ती एक दिन

लाला बंसीधर थोड़े से फ़िलॉस्फ़र भी थे। जब दोस्तान-ए-नासेह इनके पाँव के सनीचर उतारने पर मोतरिज़[19] होकर कहते थे कि "यक दर गीर-ओ-मुहकम गीर"। ख़ुद को पानी से पतला, हवा से हल्का न करें और हर जगह की हाज़िर-बाशी[20] से बाज़ आएँ तो ये जवाब देते थे कि जिंसी तक़ाज़े अलग चीज हैं, और सिन्फ़-ए-नाज़ुक[21] से हम-कलामी[22] और हम-नशीनी[23] की ख़्वाहिश दूसरी चीज़ है। लेकिन जिन ममालिक में पर्दा होता है वहाँ आदमी तय नहीं कर सकता कि किस क़दर तक़ाज़ा आदमी में पहली बात का है और किस क़दर दूसरी बात का और इंसान ग़लती से दूसरे तक़ाज़े को भी पहला तक़ाज़ा ही समझा करता है। अगर मुल्क में पर्दा न हो तो दूसरा तक़ाज़ा पूरा हुआ करे और पहला अपने हदूद से बाहर न जाए, बात पते की कहते थे मगर नसीहत करने वालों की अक़्ल इन बारीकियों तक कहाँ पहुँचती है?

वह भला किस की बात माने हैं
नासेह[24] साहब तो कुछ दीवाने हैं

नाज़रीन! लाला बंसीधर की आवारा-गर्दी से उनकी आबरू-रेज़ी हुई। और हमारे नासेह की 'हे' गिर गई तो कोई हर्ज़ नहीं। मतलब दोनों हालतों में निकल आया।

एक दोस्त के यहाँ कोई छोटी सी तक़रीब[25] थी। नाज़िरात लाला बंसीधर के मुतअल्लिक़ न होती तो किस के होती। सबसे बेहतर गाने वाली, सबसे ज़्यादा शोख़ तर्रार इन्तख़ाब की गई। जलसा और दावत सिर्फ़ एक दिन की थी। रात का मुजरा आम था। फ़ुर्सत हुई। साज़िन्दे[26] सलाम करके बाहर चले गए। नस्त्र मंश तग़ज़्ज़ुल[27] होने लगा। बड़ी सुथरी सोहबत, बड़े मज़े की बातें हो रही थीं कि एक साज़िन्दा परेशान कमरे में घुस आया और कहने लगा कि एक कांस्टेबल ने हमको ख़ुदा वास्ते को एक थप्पड़ मारा है। औरत की मौजूदगी की वज्ह से जितने थे सब के दिल में सिर्फ़ हमदर्दी ही नहीं बल्कि एक तरह का जोश पैदा हुआ मगर पढ़े-लिखों का जलसा था। पहला जोश तरफ़ुत-उल-ऐन में ख़त्म हो गया। क़ानूनी पहलू सबके दिल में आया कि बग़ैर हम लोगों का नाम आए क्या चारा-जूई[28] की जा सकती है।

सबने साहब-ए-तक़रीब का मुँह देखा। रण्डी ने लाला बंसीधर की तरफ़ नज़र की। ज़ुबान-ए-हाल से कहने लगी- "हमारा आदमी ज़लील किया गया है। इसकी तलाफ़ी क्या की जाएगी? हम साहब-ए-तक़रीब को क्या जानें, हम तो तुम्हारे बुलाए से यहाँ आए थे। हर चीज़ के ज़िम्मेदार तुम हो। उठो

और कॉन्स्टेबल को फाँसी पर चढ़ा दो।" लाला बंसीधर ने सर नीचा किया। एक ज़रा से ग़ौर के बाद निहायत संजीदगी से बहुत नरम और मुआमला-फ़हमी के लहजे में साज़िन्दे से मुख़ातिब हुए।

लाला बंसीधर- "जाओ उस कॉन्स्टेबल के नाम का पता लगा आओ।"

रण्डी- "आप हैं अच्छे-ख़ासे उल्लू के पट्ठे। हमारा तो आदमी मारा गया। हम ज़लील हुए और तुम बजाए उठकर वहाँ जाने के नाम का पता लगाते हो।" गर्दन को नीम हिक़ारत, नीम-तंज़[29] का झटका देकर कहा- "पता लगा आओ।"

लाला बंसीधर- "बीबी ग़ुस्सा न करो। हमारी बात सुनो। ग़ुस्से से काम बिगड़ते हैं, सँवरते नहीं। हमारे एक बिरादर हैं, उन्होंने फलाँ देहाती रईस को क़र्ज़ा दिया। उनका नाम तुमने भी सुना होगा। उनकी मूँछों से चिंगारियाँ उड़ती थीं। बड़ी धाक बैठी थी। पुलिस उनके दरवाज़े जाते डरती थी। न मालूम कितने मुक़दमे फ़ौजदारी के उन पर चले मगर रुपए का ज़ोर और उनका ख़ौफ़ ऐसा था सैंकड़ों बदमाश उनकी निगाह देखते थे, जो चाहा कर गुज़रे, जिसको चाहा पिटवा दिया। हमारे बिरादर उनके यहाँ क़ुर्क़ी लेकर गए। उन्होंने क़ुर्क़-ए-अमीन की ख़बर नक़्द से ली और हमारे बिरादर को सिर्फ़ पिटवाया ही नहीं, बल्कि बुरी तरह ज़लील किया मगर हमारे बिरादर ने ग़ुस्सा बिल्कुल नहीं किया बल्कि और ज़्यादा ताबेदार हो गए। और बेधड़क क़र्ज़ा इस तरह देना शुरू कर दिया जैसे कुछ हुआ ही न था। आज उसके घर की नींव का

टका खुदवा लिया। रईस साहब आज कौड़ी के नहीं, मारे-मारे फिरते हैं। ये कॉन्स्टेबल टके का आदमी कौन चीज है, बस नाम मालूम हो जाए हम कल ही से दोस्ती करके साले को क़र्ज़ा देना शुरू कर देंगे। तुम इत्मीनान रखो।"

* * *

1. संयोग से 2. पीछे बैठना 3. उम्र 4. बिन्दु 5. मौक़ा 6. बुद्ध जीवी 7. चाहने वाला 8. एक प्रकार का रेशम 9. मेंहदी 10. ज़ाहिर 11. सूखा 12. भीगी आँखों 13. जूते पहनने वाले 14. स्तर 15. पर्दा करने का न्योता 16. तन्हाई और महफ़िल 17. एक रत्न 18. एक प्रकार क़ीमती इत्र 19. ऐतिराज़ करने वाला 20. किसी बड़े आदमी के इर्द-गिर्द मौजूद रहना 21. महिला 22. बात-चीत 23. मित्रता 24. उपदेश करने वाला 25. आयोजन 26. साज़ बजाने वाले 27. शायरी का भाव 28. उपाय 29. व्यंग्य

इश्क़-ए-बिल-वास्ता

लॉर्ड कर्ज़न हिन्दुस्तान के साबिक़ वायसराय और इंग्लिस्तान के मशहूर सियासत-दाँ की बाबत मशहूर था कि वो 'मैं' का इस्तेमाल बहुत करते थे। क़ैसर-ओ-लीम शहंशाह जर्मनी में भी लोग यही ऐब बताते थे। नफ़सियात के माहिरीन कहा करते थे कि ये लोग अपनी अनानियत[1] की वज्ह से वो ठोकरें खाएँगे कि इनके मरने के बाद भी दूसरे याद रखेंगे। वो दोनों तो चल बसे। अब इस ज़माने में इस एक हम ही ख़ुदी के क़द्र-दान रह गए हैं, रहे नाम अल्लाह का।

तो हम भी कब तक, नाज़रीन को अगर मेरी बात में शक हो तो वाहिद मुतकल्लिम[2] का सीग़ा[3] इस तहरीर में गिनते जाएँ। हाथ कंगन को आरसी क्या है। मालूम ही हो जाएगा मेरे इन दोनों हम-ख़यालों में सिफ़ात यही थे जिनको सराहने में उनको लुत्फ़ आता था। हम में ज़रा सिफ़ात की कमी रह गई है। इसलिए हम अपने अय्यूब ही का ज़िक्र करके सड़ा-सा मुँह सोन्धा करते हैं। अय्यूब का लुत्फ़ तो हमने मुसन्निफ़-

ख़्वार मोतरज़ीन[4] का मुँह बन्द करने के लिए इस्तेमाल किया है। अगर हम इनको वाक़ई ऐब समझते तो बयान ही करने क्यों बैठते। ज़्यादा से ज़्यादा ये था कि कमज़ोरियाँ कह देते वो भी आप की ख़ातिर से वरना हम तो इनको सिफ़ात ही समझते।

अपने अय्यूब और सिफ़ात की तवील फ़ेहरिस्त में हम जिस ऐब का तज़्किरा करने जाते हैं वो सिन्फ़-ए-नाज़ुक[5] से तअल्लुक़ रखता है। दुनिया अजीब जगह है। यहाँ दिल में कुछ हो मगर ज़ुबान पर वही होगा जिसको सुनने वाले और कहने वाला सभी झूठ जानते हैं, मगर सच पुकारते रहते हैं। आपस में समझौता उसी पर ठहरा है जैसे चोरों में होता है। औरत का नाम आया नहीं कि इन हज़रात का ज़हन अय्यूब की तरफ़ मुन्तक़िल हुआ नहीं। अब लाहौल-वला-क़ुव्वत है, अल-हयाओ-मिनल-ईमान है, अस्तग़फ़िरुल्लाह का ज़ोर बँधा है। दिल का हाल तो ख़ुदा ही जानता है कि सिर्फ़ मुँह में शेख़ फ़रीद है वरना बग़ल में ईंटें हम से भी ज़्यादा लिए हैं। और हम हैं कि हाफ़िज़ शीराज़ी, शेख़ सादी, और उमर-ख़य्याम रह्म-हुमुल्लाहु-तआला के क़दमों से लगे मूँछों पर ताव देते चले जाते हैं।

तो वज्ह क्या कि हमारे दुश्मन लोग औरत का सिर्फ़ एक ही मसरफ़ जानते हैं और हम ख़ुदा की इस "मौहिब्बत-ए-उज़्मा अतिया-ए-कब्रा[6]" की क़द्र पहचानते हैं कि चाहे अबुल-आदम की पहली ख़ुदाई ख़िलाफ़त हो, चाहे अबुल-क़ासिम मुहम्मद सल्लल्लाहु-अलैहि-व-सल्लम की आख़िरी रिसालत[7] हो। हव्वा और ख़दीजा सलामुल्लाह अलैहुमा की ज़रूरत हमेशा तस्लीम हुई है। ज़रा ग़ौर तो फ़रमाइए। हज़रत

आसिया न होतीं तो हज़रत मूसा अलैहिस्सलाम पर कैसी बनती। पॉलिटिकल ज़रूरत से एक बार हम इलाहाबाद गए। कई दिन की मसरूफ़ियत और हम आदमी ठहरे काहिल। थक से गए हैं, मगर लुत्फ़ के जलसे छोड़ने को दिल नहीं चाहता था। हमसे ज़्यादा हमारी बीवी परेशान हो गईं। महावटें[8] जो बरसने लगीं तो डिनर टेबल और ड्रॉइंग रूम, पार्टियों और चाय की दावतों का मज़ा किरकिरा हो गया और बीवी की तरफ़ से वापसी का इसरार शुरू हुआ। अपनी बीवी के मिज़ाज से कौन नहीं वाक़िफ़ होता। इसलिए मैंने कहा भी कि अभी तो दो-एक साड़ियाँ और जोड़े बिन पहने रह गए हैं। जल्दी काहे की है मगर इनकी ज़िद बढ़ती ही गई।

मैं- और वो सब्ज़ पाइपिंग वाली शिफ़ॉन जॉर्जट साड़ी और नया सेट।

बीवी- होगी वो साड़ी और नया सेट, कोई हमसे छीन ले जाएगा? देख रहे हो, ये बिन बरसात की बरसात लगी है। बुतात वाली कोठरी सावन में कितनी टपकती थी और अनाज यूँ ही टोकरों में भरा छोड़ आए हैं।

ये निस्वानी[9] दलील पाइपिंग वाली साड़ी और नए सेट पर भी ग़ालिब आ गई और ना-चार एक इनायत फ़रमा को माज़रत[10] का ख़त भी लिखना पड़ा कि हम लोग सख़्त मजबूरी में घर वापस जा रहे हैं और कल के डिनर में न शरीक होने का हम दोनों आदमियों को बड़ा क़ुल्क़ है।

मैं: सिर्फ़ जज साहब के यहाँ जाना रह गया है। सुब्ह उनके यहाँ होते हुए मकान निकल चलेंगे।

बीवी: उनके यहाँ जाना बहुत ज़रूरी है, नहीं तो बड़ी शिकायत होगी। मगर ज़्यादा देर न लगाना तुम तो जहाँ बैठ जाते हो, उठने का नाम ही नहीं लेते हो।

दूसरे दिन सुब्ह को नौ बजे हम लोग जज साहब के यहाँ पहुँचे। ख़ुद जज साहब तो थे नहीं। मगर उनके छोटे बेटे और जज साहब की बीवी थीं। एक मेहमान भी ठहरी थीं। तआरुफ़ हुआ, बातें होने लगीं। "ये साहबज़ादी अभी-अभी ऑक्सफ़ोर्ड से वापस आई हैं।" जज साहब के साहबज़ादे और ये लोग कम्युनिस्टिक अन्दाज़ के लोग हैं। ख़ैर पॉलिटिकल ख़यालात से इस वक़्त न हमको दिलचस्पी है न इन झगड़ों में पड़ने को दिल चाहता है, वो तो किसी ऐसे सितारे की गर्दिश में पैदा हुए होंगे जहाँ औरत का राज होगा।

दिल अभी तक जवान है प्यारे
एक आफ़त में जान है प्यारे

साठ बरस का सिन अश्रा-ए-क़ातिला को पार करना कोई बच्चों का खेल नहीं और हम हैं कि इसकी भी हिम्मत बाँधे हैं, ब-क़ौल नज़ीर अकबराबादी:

अब भी हमारे आगे यारों जवान क्या है

इन साहबज़ादी से तआरुफ़ मेरा कराया गया कि फ़ुलाँ शख़्स के वालिद हैं। एक वक़्त था कि हमारा तआरुफ़ लोगों से इस तरह करवाया जाता था कि फ़ुलाँ के बेटे हैं, फ़ुलाँ के दामाद हैं। और अब ये ज़माना लगा है कि फ़ुलाँ के बाप हैं और फ़ुलाँ के ससुर हैं, मगर हम चिकने घड़े, हमारी समझ ही में नहीं आता कि हम वो नहीं रहे।

वो साहबज़ादी: आपसे मिलकर बड़ा जी ख़ुश हुआ (अपने मेज़बान की तरफ़ इशारा करके) इनसे और अपने दूसरे दोस्तों से ऑक्सफ़ोर्ड में और यहाँ भी आप के लड़के की बड़ी तारीफ़ें सुनी हैं। आजकल कहाँ हैं?

मैं: जी हाँ, यक़ीनन लखनऊ में होंगे।

साहबज़ादी: हम लोग इस वक़्त दरिया की सैर को जा रहे हैं, चलिए आप भी चलिए।

मैं: मैं तो कल ही आया हूँ मगर चलिए ज़रूर चलूँगा (अपनी बीवी की तरफ़ मुख़ातिब होकर) फिर इस वक़्त का जाना मुल्तवी कर दो। शाम को चलेंगे।

अनातोल फ्रांस, मीर तक़ी मीर, विलेसीक्ज़, फ़िरदौसी, रमबराँ, सादी, गोएटे, रफ़ेल रूहें मेरी मदद को पहुँचो। तुम्हारे इस नाचीज़ मुरीद पर बड़ा सख़्त वक़्त पड़ा है, तुमने बड़े गाढ़े वक़्त में मेरी मदद की है। मेरी कमज़ोर उँगलियों में जस दो, मेरे घिसे-पिसे क़लम को मू-क़लम[11] का ज़ोर बख़्शो कि उस घड़ी की तस्वीर उतार दे।

हमारी कमसिन बीवी ने कहा तो सिर्फ़ "अच्छा" मगर उनके चेहरे पर इस मायूसी की झलक दिखाई दी जो इरादा फ़स्ख़ होने पर पैदा होती है। फ़लसफ़ियाना तअस्सुफ़ की मुस्कुराहट ने ज़ुबान-ए-हाल से कहा- "हमने तो इनकी सूरत देखते ही समझ लिया था कि तुम फिसल पड़ोगे।" माथे की ख़फ़ीफ़[12] शिकन और अबरू की कमान ने कहा- "तुम्हारे सिन की ज़्यादती से और नीज़ इस वज्ह से कि हमसे मुहब्बत करते हो, इत्मीनान है कि अफ़लातूनी मुहब्बत

सुक़राती मुहब्बत तक न पहुँचेगी। फिर भी हमारी मुस्कुराहट पर न जाओ।" आँखों ने ये भी कहा- "इस वक़्त ग़ैर जगह न बैठे होते तो रंग दूसरा होता। मगर तुम परेशान न हो, घर पहुँच कर भी हम लड़ेंगे नहीं। आदत के घट्टे पड़ चुके हैं।" होंठों ने कहा- "और बात ख़ुदा लगती कहना चाहिए, तुम्हारी बच्चों की ऐसी बातों पर हँसी भी तो आती है कि जहाँ किसी ने चुटकी बजाई, तुम गेगले बच्चे की तरह हुमक कर उसी की गोद में पहुँच गए।" गर्दन के डोरे ने एक तरफ़ फिर कर कहा- "अरे तुम शाम को भी न चलोगे, हम तो जानते हैं ना! ख़ैर दरिया की सैर एक बार फिर हो जाएगी और वो पाइपिंग वाली साड़ी और नया सेट भी सुवारत हो जाएगा। हमारा भी तो हाथ निगोड़ा पत्थर के नीचे दबा है। चलो यूँ ही सही।" गालों ने ठुड्डी की मदद लेकर कहा- "हम भी तो तुम्हारे प्यार से बेबस हैं।"

बंगाल के शाख़ का चश्मा इंग्लिस्तान के पौदे पर बँधा। मनोरमा अपने मुल्क को वापस आईं। ऑक्सफ़ोर्ड के फ़र्स्ट क्लास के नीचे कभी बात नहीं की। हिन्दुस्तान आईं, जो देखता है, कहता है, "वाह-वाह!" सूरत शक्ल कोई दुनिया से निराली नहीं है मगर वो बात जिसको शीराज़ के हाफ़िज़ जी 'आन' कहा करते थे, हर चीज़ से पैदा है। कुछ नागिन की सी चाल, कुछ बर्क़-ए-तिमसाल, कुछ फूल कुछ कली, आधी बन्द आधी खुली, चाँदी की सी बे-तकल्लुफ़ी, इल्म की ख़ुद-ऐतमादी, कम्युनिस्ट फ़लसफ़े की बिना पर बराबरी का दावा, ख़ुद निस्वानियत के हुक़ूक़ नहीं माँगती थीं मगर मर्दों में कुछ ऐसा रूमानी असर पैदा हो जाता है कि हर शख़्स ख़िराज-ए-

तहसीन[13] लिए हाज़िर है। आँखों से बातें करें, हँसी से ख़ुशी पैदा हो, होंठों की जुम्बिश में पसन्दीदगी ना-पसन्दीदगी। गाल, नाक, माथा मसाइल हल कर रहे हैं।

न गुफ़्त-ओ-मन ब-शनीदम हर आँचह गुफ़्तनदाश्त
कि दरबियाँ निगहश-कर्द बर-ज़ुबान-ए-तक़दीम
दहँ चो नौबत ख़वीश अज़ निगाह-ए-बाज़ गिरफ़्त
फ़ताद-ए-साम्आ दर मौज कौसर-ओ-नसीम

मेरे पढ़ने वालो! मालूम नहीं कि तुम मेरा मज़हका उड़ाओगे या ख़ुद अपने आने वाले बुढ़ापे का ख़याल करके इबरत-ए-ब-मद पेशगी करोगे। मगर हम तो खेत रहे। इन्ना-लिल्लाहि-व-इन्ना-इलैही-राजिऊन। कहाँ की वापसी और कैसा रुख़्सत-ए-सफ़र? इस वक़्त चाय है तो इस वक़्त सिनेमा है। सैर है, तफ़रीह है।

रिश्ता दर गर्द नम उफ़गन्दह दोस्त
मी बरद हर जाकि ख़ातिर ख़्वाह ओस्त

एक कोई हमारे ही ऐसे अगले ज़माने में भी गुज़रे हैं, ख़ाली वो जवान थे, हम तज्रबा-कार हैं। शहनह-ए-इश्क़[14] उन पर भी हमारी ही तरह सवार था। वो बेचारे जंगल-जंगल अपनी माशूक़ा का नाम लेते फिरते थे और नारे लगाते थे- "आह हसीना मेरी नीन्द उड़ा ले जाने वाली, मुझको रातों को जगाने वाली।" उनका ख़िदमतगार भी साथ-साथ था। दबी ज़ुबान वो भी कहता जाता था- "मेरी भी नीन्द उड़ा ले जाने वाली, मुझको भी रातों को जगाने वाली।" यही हाल हमारी बेगम साहब का था कि वो भी कुछ हँसी, कुछ ग़ुस्सा ज़ुबान-

ए-हाल से वही ख़िदमतगार वाली बातें फ़रमाती थीं। गो तजरबे की बिना पर इनको इत्मीनान था फिर भी।

"दिल ना उड़ जाए कहीं दाम[15] से तेरे सय्याद
गर्चे पज़-मुर्दा[16] है ये सय्यद वले तीर तो है"

उम्र भर के साथ का वादा ख़ुदा के सामने, रसूल के सामने, पंच बिरादरी के सामने कर चुकी थीं। भला ऐसे वक़्त में एक बावले को बग़ैर रस्सी के यूँ ही कैसे छोड़ देतीं। सुब्ह की गाड़ी तो छूट ही चुकी थी। शाम की गाड़ी भी गई। अब दूसरे दिन का पा-तुराब रखा गया। मगर मनोरमा बोलीं- "कम्युनिस्ट पार्टी की माहवार कमेटी कल होगी। हम तुमको भी मेम्बर करना चाहते हैं इसके बाद चलो तो हम भी लखनऊ जाएँगे। तुम्हारे घर रायबरेली तक रेल पर भी साथ रहेगा।" मेरा तो ज़िक्र ही क्या मगर मनोरमा की वज्ह से सोहबतें कुछ ऐसी दिलचस्प हो गई थीं कि ख़िलाफ़-ए-उम्मीद मेरी बीवी भी एक दिन और ठहरने पर राज़ी हो गईं। अमूमन इन जलसों में एक हम ही मस्त होते थे वरना औरत-मर्द सब वही थे जिनमें उमंग, जवानी तहय्या, इरादा, हिम्मत, आइन्दा की उम्मीदें मौजूद। मुख़्तसर गुज़िश्ता क़रीब-क़रीब मफ़क़ूद[17]। इन सोहबतों में हर फ़र्द पढ़ा-लिखा। ज़्यादातर दो ही क़िस्म की बातें होती थीं या क़ुर्बानी, ख़िदमत, कार्ल मार्क्स के उसूल की बेधड़क पाबन्दी, हथेली पर जान लेकर काम करने या खुले-डले जिन्सी तिलस्मात[18] दोनों क़िस्मों में जोश क़दर-ए-मुश्तरक[19]।

क्या कहना जवानी का उसूल, अख़लाक़ की नई दिल-

आवेज़ तफ़सीरें, जवानी के ख़्वाब की नई ताबीरें, जिंस के दुनिया-साज़ क़ुयूद टूटे पड़े थे। अलबत्ता फ़ितरत की हिफ़ाज़तें है मजबूरन बरक़रार थीं। मुसावात[20] ने औरत मर्द का फ़र्क़ कम कर दिया था। अगर किसी ने किसी लड़की के काँधे पर हाथ रख दिया तो वो झिझकी नहीं, अगर कूच[21] पर कोई किसी से भिड़ कर बैठा तो ताज्जुब नहीं। थोड़ी बे-तकल्लुफ़ी और बढ़ गई तो कमर में हाथ डाल कर बैठ गए। ये बातें देखकर हमारी बीवी की आँखें खुल गईं।

बैठे-बैठे कुछ मज़ा हमको भी अब आने लगा
अब तो हम भी दर्द-ए-दिल में मुब्तिला होने लगे

हम ये तो कह हैं सकते कि वो बेझिझक इस मैदान में आ गईं मगर शऊर-ए-बातिन[22] इनका भी कम्युनिस्ट ही ऐसा मालूम हुआ। बजाय इनके अब हम घर की वापसी के मंसूबे बाँधने लगे। हमारी बेगम भी कमेटी में शरीक हुईं। ना-वाक़िफ़कारी की वज्ह से ज़्यादा हिस्सा तो न ले सकीं। मगर बहुत ज़हानत और दिलचस्पी से जलसे की कारवाई सुनीं। गहरे मसाइल तक तो शायद न पहुँचती हों मगर दबी ज़बान से इतना तो कहा कि जब मर्द एक से ज़्यादा शादी करते हैं तो औरत भी अपना ये हक़ क्यों न ले। नाज़रीन हमने वापसी का इरादा मुसम्मम कर लिया। आज पहले-पहल शाम हमने अपनी क़यामगाह ही पर बसर की और रात वही अपने सितारे की गर्दिश के असर से बेगम और मनोरमा के मंसूबों में गुज़ारी।

सुब्ह को रेल पर मनोरमा का आख़िरी मर्तबा साथ हुआ।

दरिया की सैर में मनोरमा ने कुछ तस्वीरें अहबाब की उतारी थीं वो दिखाईं, हमने अपने चेहरे की शिकनें देखकर अल्लाह का शुक्र भेजा कि आदमी खुद अपनी सूरत नहीं देख सकता। इसी के साथ हमने ये भी महसूस किया कि बावजूद चेहरे पर उल्लू के हमारे दिल की तस्वीर से एक तश्फ़ी सी भी हुई। स्टेच्यू हो कि तस्वीर हो, औलाद हो कि तस्नीफ़ हो, जहाँ इस फ़ना के चीथड़े को किसी न किसी सूरत से कुछ दिन और भी दुनिया में रहने की आस हुई, दिल ख़ुश ही हो जाता है। लीजिए साहब, रायबरेली का स्टेशन आ गया। हम हाथ मिलाकर रेल गाड़ी से उतरे, हमने अपने दिल में कहा- "ख़ुश दरख़शीद वले दौलत-ए-मुस्ताजिल बूद[23]।" अब ये मोहनी सूरत फिर काहे को देखने में आएगी।

मनोरमा: आप अपने लड़के को कुछ पैग़ाम तो न दीजिएगा क्योंकि कल कम्यूनिस्ट जलसे में उनसे मुलाक़ात ज़रूर होगी। वो तो लखनऊ की कमेटी के सेक्रेटरी हैं ना?

मैं: जी उसे तो कुछ कहना नहीं है। मगर आप से एक दरख़ास्त है अगर हो सके तो हमारे लड़के ही पर आशिक़ हो जाइएगा।

मनोरमा: मैं हतमी[24] वादा तो नहीं कर सकती मगर कोशिश करूँगी।

ख़त्म इस मज़मून की तनक़ीद ख़ुद मुसन्निफ़ की क़लम से। डॉक्टर जॉन्स ने बादशाह जॉर्ज से कहा था कि नई बातें आदमी सिर्फ़ तीन साल तक सीखता है। इसके बाद उसी पुराने इल्म की जाँच, रगड़-तगड़ हुआ करती है। चमक सफ़ाई ज़्यादा हो जाती है लेकिन चीज़ वही रहती है। बर्नार्ड शॉ नब्बे साल से ऊपर के हैं, उनके उंफ़ुवान-ए-शबाब[25] के नॉवेल

देखिए, जवानी के ड्रामे देखिए, जो चमक, जो शफ़्फ़ाफ़ी, दो आख़िरी ड्रामों में है उस पर अश-अश कीजिए लेकिन ग़ौर से देखिए तो पता चलता है कि वही अगले बरस की तीलियाँ हैं, ख़ाली ऊपर की जगमगाहट, रौनक़ और ठाठ दिल-आवेज़ है। नई बात बुढ़ापे में कहाँ, जो कुछ है वही ग़नीमत है। जब बर्नार्ड शॉ का ये हाल हो तो हम किस खेत की मूली हैं। लिहाज़ा उम्मीद है कि तन्क़ीद करने में बूढ़े का दिल रख लीजिएगा। ब-क़ौल रस्किन, "तस्वीर में ये न ढूँढो कि क्या नहीं है बल्कि जो कुछ हो उसकी तारीफ़ करो।" इस नज़रिए से अगर देखा जाए तो मुसन्निफ़ का निडर अन्दाज़ और रियलिज़्म क़ाबिल-ए-दाद हैं।

पीरी के वलवले[26] हैं ख़िज़ाँ की बहार है

* * *

1. अहंवाद 2. वो सर्वनाम बात करने वाला स्वंय के लिए प्रयोग करता है 3. कारक 4. विरोधी 5. स्त्रीवर्ग 6. ख़ुदा का तोहफ़ा 7. पैग़म्बरी 8. जाड़े के दिनों में होने वाली बारिश 9. औरतों वाली 10. खेद 11. चित्रकार का रोएँदार क़लम 12. मामूली 13. प्रशंसा 14. इश्क़ के रखवाले 15. क़ैद 16. निढाल 17. खोया हुआ 18. जादू 19. संयुक्त 20. बराबरी 21. रवानगी 22. अन्तरज्ञान 23. बहुत चमके मगर दौलत जल्दी में कमाई थी 24. यक़ीनी 25. जवानी की उठान 26. जोश

रोज़ा-ख़ोर की सज़ा

लोग कहते हैं कि हर बड़ी चीज़ की ये ख़ासियत होती है कि असलियत को ज़ाहिर कर देती है। दौलत के लिए शायर कहता है:

बादक़ नौशीदन व हशियार निशस्तन सहल अस्त
गर दौलत बरसी मस्त न गरदी मरदी

शराब के लिए यही कहा जा सकता है कि आदमी की शराफ़त और कमीनापन को आईना कर देती है। हज और दूसरी बड़ी इबादतों के लिए कुछ ऐसी ही बातें मशहूर हैं। अक्सर जाहिलों को कहते सुना है कि ईमान हजर-ए-अस्वद[1] में चिमटकर वहीं रह गया। इसी क़बील की एक कहानी मुझको भी याद आ गई, सुन लीजिए मगर उसके पहले अर्ज़ ये है कि दो-तीन मोतरज़ा[2] जुमले भी हैं। कनाये में जो लुत्फ़ है वो तसरीह में कहाँ। मगर डर लगता है कि अगर बयान करते न बना तो क़िस्सा गुपचुप का लड्डू होकर रह जाएगा। बर्नार्ड शॉ इसी वज्ह से पचास सफ़्हे के ड्रामे के पहले दो सौ

सफ़्हे का दीबाचा लिखते हैं, छोटे सारे बाले मियाँ बड़ी सारी पूँछ। हज़रात हम कोई दावा इस क़िस्म का नहीं कर सकते। एक छोटी सी तमहीद[3] लिखने के बाद इत्मीनान सा हो जाता है कि अब बावजूद हमारी कज-बयानी के लोग बात की तह तक पहुँच ही जाएँगे।

शेख़ जी से न मुझसे हम-मज़ाक़ी थी न हम-सुनी। मगर मेरे उनके मरासिम थे। इसकी वज्ह ये हुई कि मैं एक दोस्त के यहाँ बैठा हुआ कुछ क़लमी किताबों का ज़िक्र कर रहा था कि शेख़ जी आ गए और हम लोगों की बातें सुनकर कहने लगे- "मेरे पास कुछ क़लमी तस्वीरें हैं।" मुझको तअज्जुब हुआ कि शेख़ जी हड्डियों का रोज़गार करते हैं। ऐसे पढ़े-लिखे भी नहीं हैं, इनके यहाँ क़लमी किताबें कहाँ से आईं मगर उन्होंने कहा कि अगर अभी चलिए तो दिखा दूँ। मैं उठा चला गया, उन्होंने पाँच-छह किताबें दिखलाईं। एक अमलियात की किताब, एक ज़हर-ए-इश्क़, एक रक़ात-ए-आलमगीरी जो पच्चीस-तीस बरस उधर के लिखे हुए मालूम होते थे। चन्द पुराने औराक़ क़िस्से के, ख़त मामूली था और काग़ज़ भी ऐसा ही वैसा था। मालूम होता था कि किसी ने अपने लिए ज़हर-ए-इश्क़ तो इस वज्ह से नक़ल की होगी कि उसका छपना मम्नू था और रक़ाअत-ए-अलमगीरी वग़ैरह पैसे बचाने को या मश्क़ करने को नक़ल की होगी अलबत्ता दो और किताबें थीं। एक मन्तिक़-उत-तीर और एक कुल्लियात-ए-सादी, ये दोनों विलायत के ख़त की थीं और बाद को कई सौ बरस की मुस्तनद साबित हुईं। ये दोनों नुस्ख़े देखकर मेरी आँखें खुल गईं।

मैंने कहा- "शेख़ जी! ये आपने कहाँ से पाए?" मालूम

हुआ कि कोई अज़ीज़ उन के कहीं मौलवी-गीरी पर नौकर थे। और आख़िरी उम्र में शेख़ जी के यहाँ आकर रहे थे और यहीं इन्तक़ाल भी हुआ। उनके मुख़्तसर असासे में ये किताबें भी निकली थीं। मैंने चाहा कि शेख़ जी मुझसे इन दोनों किताबों के दाम ले लें मगर वो किसी तरह राज़ी न हुए। मैंने ये भी बताया कि ये कमयाब[4] और क़ीमती किताबें हैं और भले-चंगे दाम मिलेंगे। मगर शेख़ जी ने बावजूद कारोबारी आदमी होने के इसको किसी तरह मंज़ूर नहीं किया, इसकी दो वजहें थीं एक तो ये कि शेख़ जी दूसरे मज़ाक़[5] के आदमी थे जिसमें किताबों का न ज़िक्र था न क़द्र। दूसरे इनकी एक ग़रज़ मुझसे अटकी थी और इसी वज्ह से मैं चाहता था कि वो दाम ले लें मगर उन्होंने न माना और कहने लगे कि अगर मैंने इन किताबों को न लिया तो उनको शिकायत होगी। गो मैं उनका एहसान नहीं लेना चाहता था मगर उन नुस्ख़ों को देख कर मुँह में पानी भर आया और मेरी ख़ू-ग़र्ज़ी[6] ने ग़रीब दूर-अन्देशी को चुप ही कर दिया।

इसके बाद शेख़ साहब हमारे यहाँ ज़्यादा आने लगे। रफ़्ता-रफ़्ता मरासिम गहरे हो गए।

हमारे बे-तकल्लुफ़ हम-मज़ाक़ अहबाब में एक साहब कुछ ख़ुदाई फ़ौजदार क़िस्म के थे जिनको ये बेजोड़ दोस्ती एक आँख न भाती थी और शेख़ जी और उनका सामना अगर हो जाता था तो मिनट दो मिनट के बाद कोई न कोई बहाना करके वो उठ जाते थे। अक्सर मुझसे कहा भी कि शेख़ जी और तुम्हारी दोस्ती के दो ही मआने हो सकते हैं। या तो तुम हड्डी का रोज़गार करना चाहते हो या शेख़ जी अन-क़रीब

शेर कहना शुरू कर देंगे। शेख़ जी से मरासिम की बिना पर उनके एक क़र्ज़दार मेरे पास आए और कहने लगे कि एक जुज़ जायदाद मेरी शेख़ जी के पास रहन-ए-बा-क़ब्ज़ा[7] है जिसको शरायत-ए-दस्तावेज़ की बिना पर मैं आठ-नौ बरस नहीं छुड़ा सकता। अगर आप अपने दोस्त से सिफ़ारिश कर दें तो मेरा काम बन जाए।

मैं: हज़रत, इन मुआमलात में मुझको न डालिए। मेरे और शेख़ जी के नाज़ुक मरासिम इस बार को शायद न बर्दाश्त कर सकें और शायद रुपए भी आपसे फ़राहम न हो सके।

वो साहब: रुपए मैं कहाँ पाता, मगर इस वक़्त एक शख़्स उस जायदाद को बै[8] लेने पर तैयार हो गया है। अगर ये मुआमला हो जाए तो शेख़ जी का क़र्ज़ा निकालने के बाद मुझको सौ-दो सौ रुपए बच जाएँगे।

उन साहब की मफ़लूक-उल-हाली[9] और शरीफ़-तबाही पर मुझको तअस्सुफ़[10] आया और मैंने कहने का वादा कर लिया मगर उससे ज़्यादा उम्मीद नहीं दिलाई। दूसरे दिन शेख़ जी से मुलाक़ात हुई।

मैं: शेख़ जी! आपके फ़ुलाँ अज़ीज़ राहिन[11] कहते थे कि अगर आप उनको मरहूना जायदाद बै करने की इजाज़त दे दें तो आपका क़र्ज़ा अदा करने के बाद उनको सौ-दो सौ रुपए बच जाएँगे।

शेख़ जी: उस जायदाद में इतनी गुंजाइश कहाँ है। मैंने जो रुपए उनको दिया है, वही इसके दाम से ज़्यादा है और उसको कौन मोल लेगा।

मैं: मैंने सिर्फ़ इस वज्ह से अर्ज़ कर दिया कि मैंने राहिन साहब से वादा किया था, वरना मैं न आपके नुक़सान का साथी हूँ न राहिन साहब से मुझसे इस क़दर मरासिम हैं कि आप जैसे इनायत-फ़रमाओं पर ज़ोर डालने की जुरअत करूँ।

शेख़ साहब: जी नहीं। आपका फ़रमाना ऐसा नहीं है कि मैं ख़याल न करूँ। आप उनसे कह दीजिए कि अगर मेरा रुपए वसूल हो जाए तो मुझको कोई उज्र नहीं।

मैं: देखिए शेख़ साहब! मैं फिर अर्ज़ करता हूँ कि अगर मुझको किसी से वास्ता है तो आपसे। उन साहब से तो सिर्फ़ शनासाई है। आप मेरे ख़याल से ऐसा हरगिज़ न कीजिएगा। मैं आपके नुक़सान का साथी कैसे हो सकता हूँ। इस मामले में मेरी हैसियत एक पैग़ाम पहुँचाने वाले से ज़्यादा नहीं।

शेख़ जी: जी नहीं! उन्होंने कुछ तो समझ कर आपसे कहलाया है। आप उनसे कह दीजिए कि मैं जायदाद छोड़ने के लिए हर वक़्त तैयार हूँ।

ये ख़ुशख़बरी मैंने राहिन साहब को दे दी। रमज़ान शरीफ़ का महीना, निचोड़ का वक़्त था कि राहिन साहब नाज़िल हो गए। शेख़ साहब को आदमी गया कि ज़रा तक़लीफ़ कीजिए। वो भी तशरीफ़ लाए। मेरे पढ़ने वाले! इस मीठी-फीकी कहानी पर मुझसे ख़फ़ा न होजिए, आप की ख़िदमत में हाज़िर होने को दिल बेताब था।

तक़रीब कुछ तो बहर-ए-मुलाक़ात चाहिए

अगर कोई रंगीन कहानी दिमाग़ में न थी तो क्या करता।

"गन्दुम अगर बहम न रसद भुस ग़नीमत अस्त

शेख़ जी यानी मुर्तहिन साहब[12] और ख़रीदार साहब दोनों रोज़े से थे और एक दूसरे को यूँ देखते थे जैसे अपने मुक़ाबिल ही से रोज़ा-ओ-इफ़्तार करने का इरादा है। ख़ाली मौक़ा और वक़्त का इन्तज़ार है। शेख़ जी के अन्दाज़ पर मेरा माथा पहले ही ठनका था कि ये इतने सहल में राज़ी हो गए हैं, इसके मआनी क्या हैं। बेचारे ने पैसा-पैसा जोड़कर अपनी हैसियत बनाई है अगर ये इसी तरह की दरियादिली से काम लिया करते तो आज ये इत्मीनान कहाँ से नसीब होता, हो न हो ये मुझको ज़ेर-ए-बार एहसान किया चाहते हैं। और फिर ख़याल आता था कि तुम कौन इतने बड़े आदमी हो कि जिसके ज़रिए से इनका हज़ार-पाँच सौ का फ़ायदा होने वाला है। दो-ब-दो गुफ़्तगू में सच्चाई की एक खनक होती है जैसे खरे रुपए में। इनकी गुफ़्तगू दिल की कसौटी पर परखता था, और रह जाता था। राहिन साहब की परेशान-हाली भी एक तरफ़ दिल में जगह कर चुकी थी। इस वज्ह से क़ुव्वत-ए-मुतसर्रिफ़ा[13] भी कुछ कमज़ोर सी पड़ गई थी। इसी पस-ओ-पेश[14] में था कि मुर्तहिन साहब भी आ गए और उनको ये ख़ुशख़बरी देना ही पड़ी।

मुर्तहिन साहब: आप ही ख़रीदेंगे।

राहिन साहब: जी हाँ।

मुर्तहिन साहब: आप क्या खा के ख़रीदेंगे?

ख़रीदार साहब: अरे हम तो ये ख़रीद लें और आपको भी ख़रीद लें।

मुर्तहिन साहब: आप ज़रूर ख़रीदेंगे, ऐसे झप-झालिए बहुत देखे हैं।

ख़रीदार साहब: झप-झालिए होगे तुम और तुम्हारे बाप, हड्डियाँ बेच-वेच कर चार पैसे जमा कर लिए हैं, इस पर आए हैं हमसे बातें करने।

मुर्तहिन साहब: और तुमने सिवाय थानेदारों की दलाली करने के उम्र भर किया क्या है? कुछ पूँजी हो गई बस अपने आपे से बाहर हो गए।

मैं: हाँ-हाँ साहब, आप लोग लड़ते क्यों हैं शरीफ़ों की तरह बातें कीजिए। आप मुआमला तय करने आए हैं या गाली-गलौज करने।

ख़रीदार साहब: मैंने तो कुछ कहा भी नहीं था। ये तो उन्होंने आते ही आते इस क़िस्म की बातें शुरू कीं।

राहिन साहब: अच्छा, अब आप ही तरह दे जाइए।

ख़रीदार साहब: तरह क्या दी जाए, कहीं दो-चार सौ रुपए पाँच-छह रुपए सैकड़ा पर लगाए होंगे, इस पर आए हैं मुक़ाबला करने।

शेख़ जी: (गरज कर) बारह रुपए सैकड़ा से कम पर तो हम बात नहीं करते हैं।

ख़रीदार साहब: चलो हमारे साथ, हम चौबीस रुपए सैकड़ा तक की दस्तावेज़ें दिखला दें और कमीशन ऊपर से। तुमको नसीब न हुआ होगा ये निर्ख़ लेना।

मैं: इन फ़ज़ूल बातों से कौन मतलब, अगर आपको लड़ना ही है तो बाहर जाकर लड़िए।

नाज़रीन उन हज़रात की तरफ़ से मेरी माज़रत क़ुबूल कीजिए। ख़ुदा के ये नेक रोज़ेदार बन्दे न ख़ानदानी महाजन थे न बाप-दादा के वक़्त से सूद-ख़ोरी के मश्शाक़[15] थे। इसी वज्ह से मुआमला-फ़हमी में कुछ कसर बाक़ी रह गई थी मगर क़रीने से मालूम होता था कि एक पुश्त बाद के बावजूद रमज़ान शरीफ़ के बुर्दबारी और सूदख़ोरी दोनों में मज़बूत हो जाएँगे। उन हज़रात के मुँह से झाग उड़ रही थी। लहरें नहीं बल्कि ज्वार-भाटे आ रहे थे। होंठों के किनारों पर समुन्दर का फ़ेन जमता जाता था और उन दो नेक लोगों में हम रोज़ा-ख़ोर गुनाहगार फँस गए थे। उनके मुँह से ख़ुशबुओं के बक़्ए भक़-भक़ उड़ रहे थे और हम महसूस कर रहे थे कि रोज़ा न रखने के अज़ाब में गिरफ़्तार हैं। इसी तू-तू मैं-मैं के दरमियान में हमारे ख़ुदाई फ़ौजदार क़िस्म वाले दोस्त भी आ गए। थोड़ी देर चुप रहे। इसके बाद मेरी परेशानी देखकर कहने लगे- "शेख़ जी से दोस्ती भी करोगे और रोज़ा भी न रखोगे और रोज़ेदार के मुँह की बू से भी घबराओगे। आख़िर तुम्हारा हश्र क्या होने वाला है?"

* * *

---

1. काबा शरीफ़ की दीवार में चस्पाँ काला पत्थर 2. ऐतराज़ वाले 3. भूमिका 4. मुश्किल से मिलने वाला, वाली 5. रूचि 6. शौक़ 7. क़ब्ज़े में 8. बेचने की क्रिया 9. ग़रीबी 10. अफ़सोस 11. गिरवी रखने वाला 12. गिरवी रखने वाला व्यक्ति 13. निस्तरण अथवा व्यय करने की शक्ति 14. असमंजस 15. आदी

गुनाह का ख़ौफ़

अब्दुल मुग़नी साहब ने मुख़्तारी के पेशे में वो नाम पैदा किया था कि डिप्लोमा वाले वकील-बैरिस्टर क्या करेंगे। बड़े बड़े ज़मीन-दार, तालुक़दार, महाजन ख़ुशामदें करते थे। कमिश्नरी भर में कौन इब्तिदाई मुक़द्दमा ऐसा होता था जिसमें अब्दुल मुग़नी साहब दो फ़रीक़ में से एक के मददगार न हों। उनकी तर्तीब दी हुई मसल देखकर चोटी के वकला दंग रह जाते थे अक्सरों को ये कहते सुना है कि अगर इस शख़्स ने वकालत का इम्तिहान पास कर लिया होता तो ये हाईकोर्ट के बेहतरीन एडवोकेट्स में से होता।

अब्दुल मुग़नी साहब ने बला का दिमाग़ पाया था। सूबा भर में कहीं का मुक़द्दमा हो और कैसे ही पेचीदा मुआमलात हों, अगर फ़रीक़ मुक़द्दमा ले कर उन तक पहुँच गया तो सब मुश्किलें हल हो गईं। ज़ुबान में न मालूम क्या जादू था और न मालूम कैसे अन्छर[1] याद थे कि आदमी को राम कर लेना कोई बात ही नहीं थी। जहाँ सुलह का मौक़ा हुआ, दूसरे

फ़रीक़ के दिल में जगह करके सुलह करा दी। जहाँ लड़ाई का मौक़ा हुआ, मुख़ालिफ़ फ़रीक़ के बेहतरीन आदमी तोड़ लिए। कोई दूसरा हज़ार-दो हज़ार में काल निकाले ये सौ-दो सौ में कामयाब हो जाएँ।

वकील न होने का ख़ुद उनको कभी अफ़सोस करते नहीं सुना। और अफ़सोस करने का मौक़ा ही कहाँ था। काम इतना था कि फ़िज़ूल ख़याली घोड़े दौड़ाने का मौक़ा भी नहीं मिलता था। वकीलों के यहाँ एक मुहर्रिर होता है। कोई ऐसा ही बड़ा हुआ जिसके यहाँ दो हुए। हाईकोर्ट के ऊँचे-ऊँचे वकला के साथ दो-तीन जूनियर लगे रहते हैं। उनके यहाँ बीस काम करने वाले थे और फिर न जूनियर का सवाल, न सीनियर का। ख़ाली हर शख़्स की फ़ितरी क़ाबलियत देख कर काम सुपुर्द किया जाता था। जो अपना काम समझकर करता था। उनके जलसे में मुक़द्दमे के हर पहलू के स्पेशलिस्ट मौजूद थे। हस्ब-ए-हैसियत बा-मौक़ा ऐतबार करने वाले दीदार-ओ-चशमदीद गवाह मुहय्या हो सकते थे। उनके जलसे में ऐसे लोग भी मौजूद थे जो सौ-पचास बरस का सादा करम-ख़ुर्दह[2] काग़ज़ निकाल दें। धुआँ दे कर नए काग़ज़ को पुराना बना दें। तीन दिन के अन्दर हाशिया को दीमक से चटवा दें, मत्न वैसे का वैसा ही रहे।

दस्तावेज़ों में से अल्फ़ाज़ ग़ायब कर दें और इबारतें इस तरह दाख़िल करें कि बड़े से बड़ा तहरीर-शनास धोका खा जाए। उनके मिलने वालों में एक मुंशी साहब थे जो बाएँ हाथ से और पाँव से भी लिख लेते थे और शान-ए-ख़त बदल देते थे। हफ़्त-ए-क़लम थे। उस मआने में नहीं कि नुस्ख़-ए-

नस्तालीक़-ए-शिकस्ता[3] वग़ैरा-वग़ैरा लिख लेते थे बल्कि इस रू से कि मुख़्तलिफ़ लोगों के अन्दाज़ ख़त की ऐसी नक़ल उतारते थे कि ख़ुद लिखने वाला अगर कुछ दिन बाद देखे तो न जाने।

उनके अलावा ऐसे लोग भी थे जो अक्सर ज़रूरत हो तो मसिल[4] घुमा दें रेल पर से, कचहरी के अहाते से, घर से या जहाँ से बेहतरीन मौक़ा हो। बस्ते से ज़रूरी काग़ज़ ग़ायब हो जाए, बाक़ी वैसे ही रखे रहें। बिल्कुल उसी तरह का बस्ता रख दिया गया और गवाह घर से काजल का चूरा असली बस्ता ले गया। अपने यहाँ के उठने-बैठने वालों में से एक शख़्स की ख़ुद तारीफ़ करते थे कि उन्होंने वो जुरअत की और सफ़ाई का वो कमाल दिखाया कि दूसरा होता तो पाँव काँप जाते और धर लिया जाता। एक बहुत बूढ़े फ़रीक़-ए-मुख़ालिफ़ अबा-क़बा[5] पहने, जाड़ों के दिन, बग़ल में बस्ता दबाए अपने वकील के पीछे खड़े बहस सुन रहे थे उनके बग़ल से बस्ता निकल गया और किसी को ख़बर तक न हुई। इसके अलावा ऐसे लोग भी लगे रहते थे जो लड़ाई-भिड़ाई में बन्द न थे मगर ये सब दूसरों के लिए करते थे क्योंकि उनके ख़याल में मुक़द्दमा-बाज़ी में और इश्क़बाज़ी में सब कुछ जायज़ था।

मगर ख़ुद अपने लिए अब्दुल मुग़नी साहब उन तमाम बातों से अलैहदा रहते थे। मुक़द्दमात-मुआमलात की और बात है। मसलन बयान होता है। एक मरतबा एक नौजवान ज़मींदार था जो बालिग़ होने के बाद अपने बड़े भाई पर मुक़द्दमा चलाने वाला था, सब सामान लैस था। सिर्फ़ दावा दाख़िल करना था। स्टाम्प ख़रीद लिया गया था। मियाद में

सिर्फ़ तीन दिन बाक़ी थे अगर वो दावा हो जाता बड़े भाई का दिवाला निकल जाता और ये भी दे ज़ेर-ए-बार हो जाता। बड़ा भाई उनके पास आया। अब्दुल मुग़नी ने शिकार के बहाने से उस लौण्डे को फाँसा और तीन दिन के बजाए चार दिन के लिए इसको न जाने कहाँ अलोप कर दिया। किसी को ख़बर तक न लगी। मियाद निकल जाने के बाद छोड़ दिया और कुछ ऐसी चालें चली कि वो लौण्डा हब्स-ए-बेजा[6] का दावा करना कैसा उन वाक़ेआत का ज़िक्र करते डरता था। यूँ बिला-वज्ह किसी कारवाँ कभी नहीं सताया। न अपने ज़ाती मुआमलात में उनको किसी के साथ ज़्यादती करते देखा। मोहल्ले में हर शख़्स से यगानगी का बर्ताव था और कौन ऐसा था जिसकी ख़िदमत उन्होंने न की हो, अपनी बात के धनी थे और इरादे के ऐसे मज़बूत थे कि जिस बात पर क़ायम हो गए फिर उससे नहीं हटते थे चाहे कुछ हो जाए।

एक मर्तबा ताऊन आया। बीमारों की ख़बर गीरी, ग़रीबों की तीमारदारी, मय्यतों का दफ़न करवाना, सब अपने ज़िम्मे ले लिया। ताऊन के नाम से लोग घबराते हैं मगर ये हर जगह पिल पड़ते थे। न मालूम कितने मुर्दे ख़ुद अपने हाथों से क़ब्र में उतारे, लोगों ने कहा इंजेक्शन ले लो मगर उन्होंने परवाह भी न की। उसके मुर्शिद ने एक तावीज़ भेजा था वो तो ज़रूर करते कि नीचे गले में डाल लिया था। और सूरह तग़ाबुन[7] की मज़ाविलत रखते थे और बस। ताऊन की बला ख़त्म होने के बाद अब्दुल मुग़नी का असर इर्द-गिर्द अच्छा-ख़ासा बढ़ गया था। अव्वल तो ऐसे आड़े वक़्त में लोगों के काम आए थे। दूसरे रफ़्ता-रफ़्ता कुछ जायदाद भी पैदा कर

ली थी, बहुत सी दुकानें बनवा ली थीं, जिनमें किरायेदार बसाते वक़्त किराए का ख़याल इस क़दर नहीं किया जाता था जितना असर बढ़ाने और लोगों को अपनी पार्टी में शामिल करने का, चुनाँचे म्यूनिसिपल और डिस्ट्रिक्ट बोर्ड वग़ैरह के इलेक्शन में उनका कैण्डिडेट और उनकी पार्टी हमेशा जीतती थी। इन्हीं वजूह से अगर मुख़्तार साहब किसी से कोई बात कह दें तो उसको टालना मुश्किल हो। चुनाँचे उनके मकान के क़रीब एक ज़मीन थी जो एक शख़्स ने मोल ली थी। अब्दुल मुग़नी इसके ख़्वाहिशमन्द थे। ये अराज़ी उनके भी मौक़े की थी और उसके भी मगर उनके रौब की वज्ह से वो इन्कार न कर सका। इसी ज़मीन पर उन्होंने एक मुख़्तसर सा मकान बनवाया था जो अभी-अभी तैयार हुआ था, और ख़याल था कि मेहमानों के लिए वक़्फ़ रहेगा। नमाज़-रोज़े के बड़े पाबन्द थे मगर इसी के साथ ज़ाहिद-ए-ख़ुश्क[8] भी न थे। दोस्त अहबाब के साथ चौक भी चले जाते थे। ख़ुद इनके घर पर भी इस तरह की सोहबतें आरास्ता[9] हो जाती थीं। उनके कमरे में कोने में बायाल[10] और तानपुरा भी रखा रहता था मगर ये सब दूसरों की ख़ातिर और आश्ना-परस्ती[11] में गवारा करते थे। ख़ुद हमेशा बे-लौस रहते थे हुस्न-परस्ती तक को जायज़ जानते थे। मगर तर-दामनी में कभी मुब्तिला नहीं हुए थे। वज़हदारी का ये हाल था कि रियासतपुर में किसी ज़माने में मुख़्तार थे। इस सिलसिले को मुन्क़ता हुए बरसों गुज़र गए थे लेकिन उनके नाम का मुख़्तार-नामा आज तक पड़ा था। रईस साहब की जायदाद चौथाई नहीं रह गई थी कुछ इसी वज्ह से, और कुछ इस वज्ह से कि उनकी मसरूफ़ियतें बहुत बढ़ गई

थीं। उन्होंने रईस साहब को मशवरा दिया कि मुख़्तार-नामा साहबज़ादे के नाम हो जाए। ये सब कुछ था, मगर आज तक रईस को अपना आक़ा ही समझते थे, और जो काम होता था अपना समझकर करते थे।

रईस साहब के बेटे और ये क़रीब-क़रीब हमसिन थे। जिस वक़्त का ये वाक़िया बयान करता हूँ, अब्दुल मुग़नी साहब चालीस-इकतालीस बरस के रहे होंगे और शहामत अली रईस साहब के बेटे का सिन पैंतीस बरस के क़रीब होगा। आदमी ज़रा शौक़ीन मिज़ाज थे मुक़द्दमात की पैरवी में बहुत आया करते थे:

फ़िक्र बाज़ारी भी, हर वक़्त ही दरबारी भी
इक मुसीबत है जवानी भी, ज़मींदारी भी

और चूँकि अब्दुल मुग़नी साहब की वज्ह से खाने और क़याम की जगह से बेफ़िक्र थे, इसलिए शौक़ भी आज़ादी से पूरा होता था। अब्दुल मुग़नी साहब के घर में उनका कमरा अलैहदा था जो सड़क की तरफ़ खुलता था। इसलिए अगर रात को उन्होंने किसी को बुलाया भी तो किसी को ख़बर न होती थी। अब्दुल मुग़नी साहब से कोई तकल्लुफ़ न था, ख़ुद उनका दिल चाहा है या शहामत अली की ख़ातिर से मिनट-दो मिनट को चले भी आए और ये देखकर कि ख़ासदान में पान और लोटा, गिलास पानी का, घड़ा सब मौजूद है, चले गए।

शहामत अली जब मुक़द्दमा के सिलसिले में आते थे तो अमूमन दो-तीन दिन रहते थे और जब शहर के क़याम का कोई उज़्र-ए-माक़ूल न रह जाता था तो चले जाते थे। एक

मर्तबा ख़िलाफ़-ए-आदत कई दिन रहे। चेहरे की कुछ परेशानी कुछ फ़िक्र-मन्दी से अब्दुल मुग़नी को पता चला, पूछने लगे ख़ैर तो है।

शहामत अली: यार क्या कहें, ये सामने दर्ज़ी की दुकान नहीं है! उस कोठे पर एक रण्डी आई हुई है। कहीं बाहर की है। मैंने अब की ही दौरे में देखा है। भाई हम तो खेत रहे रहे मगर वो ज़ालिम किसी तरह रंग पर आती ही नहीं। कुछ हमने भी हिमाक़त की कि अपने दिल का राज़ उस पर ज़ाहिर कर दिया। उसके बाद अब तो इसके मिज़ाज ही नहीं मिलते। घुम्मन ख़ान को दरमियान में डाला मगर वो पाबन्दी का उज्र करती है। और यहाँ ये हाल है कि ख़्वाब-ओ-ख़ोर हराम है। रात की नीन्दें उड़ गई हैं और जो हम कोशिश करते हैं वो और खिंचती चली जाती है।

अब्दुल मुग़नी: इन ऊँची रण्डियों में यही तो ख़राबी होती है कि यूँ ख़ातिर मुदारात में लगावट सब कुछ करेंगी मगर मामले की बात पर अजीब मिज़ाज की लगने लगती हैं। और अगर कहीं झूठ-मूठ की नथ पहने हुए तो आशनाई ना हुई किला ही फ़तह करना समझिए। छूटते ही बी नायका साहब कहती हैं। ना साहब, अभी मेरी बच्ची कमसिन है कुछ दिन आइए-जाइए, उठिए-बैठिए, लड़की से मानूस हो जाइए, आप उसकी तबीय़त पहचान लें वो आपके मिज़ाज से वाक़िफ़ हो जाए फिर लौण्डी को उज्र ही क्या हो सकता है। अगर पेशे में आ चुकी है तो नौकरी का सवाल पहले ही धरा है। मुस्तक़िल तअल्लुक़ कीजिए, पाबन्द कीजिए और ख़ुद भी पाबन्द हो जाइए। फिर सबसे बड़ी ख़राबी ये है कि इधर तअल्लुक़ हुआ

नहीं, उधर अय्याशी के गज़ट में नाम छपा नहीं। अगर बड़े-बड़े लोगों के नाम से ये अपने को न मंसूब करें तो आला तब्क़े वाली कहलाएँ। क्योंकर अगर चोरी-छिपे तअल्लुक़ कीजिए तो इसमें भी जब तक महीनों हाज़िरी न दीजिए और एक की जगह चार ख़र्च न कीजिए, काम नहीं चलता। तुम्हारे मामले में इतना ग़नीमत है कि तुम यहाँ के रहने वाले नहीं हो। बाहर वाले की रसाई चोरी-छिपे कभी-कभी हो जाती है क्योंकि उसमें दाम भले-चंगे हाथ आ जाते हैं और आम तौर से कमाने का नाम भी नहीं होता। ख़ैर चलो ज़रा हम भी देखें। इसी तरफ़ से नया मकान भी देखते आएँगे। आज कई दिन से नहीं गए। तख़्त, पलंग, कुर्सियाँ वग़ैरह तो पहुँच गई हैं ज़रा देखना है कि किस तरह से सजाया जाए। उस तरफ़ से खड़े-खड़े वहाँ भी चलना, मकान की आराइश वग़ैरह में तुम्हारे सलीक़े के हम हमेशा से क़ायल हैं। उस रण्डी के यहाँ पहुँचकर मियाँ अब्दुल मुग़नी साहब ने मुँह से तो कुछ न कहा, मगर शहामत अली का ऐसा अदब-ओ-लिहाज़ किया गया ये उनके अदना मुलाज़िम हैं। एक-एक गिलौरी नौश की और रईस साहब की तरफ़ से कुछ देकर दोनों आदमी उठ आए। लीजिए साहब वहाँ रंग ही बदल गया, इधर ये लोग रुख़्सत हुए और उधर नायिका ने उस्ताद घुम्मन ख़ाँ को बुलाया, कुछ सरग़ोशियाँ हुईं जिसका नतीजा ये निकला कि मुआमला रू-ब-राह[12] हो गया। पैग़ाम भेजा की लौण्डी को हुक्म में कभी उज़्र था न है। सिर्फ़ बात ये है कि रात में दूसरे की पाबन्दी है, दिन को जब चाहे घड़ी-दो घड़ी के लिए तलब कर लीजिए। अब दिक़्क़त ये आन पड़ी कि रात के लिए तो उनका कमरा मुनासिब था

मगर दिन के लिए बिल्कुल ना-मौज़ूँ था। अब्दुल मुग़नी के अइज़्ज़ा[13], नौकर-चाकर, लड़के सब ही मौजूद थे। मुनासिब यही मालूम हुआ कि वही नौ-तामीर मकान तख़लिया के लिए काम में लाया जाए।

अब्दुल मुग़नी कचहरी जा चुके थे। चुनाँचे शहामत अली ने एक लड़के को दौड़ाया कि अब्दुल मुग़नी से उस मकान की कुंजी माँग लाए, ये भी कहला भेजा कि जब फ़ुर्सत हो तो ख़ुद भी चले आएँ। कुंजी तो उन्होंने भिजवा दी और ख़ुद थोड़ी देर में आने को कहा। कलीद-ए-मुराद हाथ आ गई, अब अब्दुल मुग़नी को कौन याद करता है। उन्होंने नौकर को तो उस रण्डी के यहाँ भेजा और खुद कुंजी जेब में लेकर उस नये मकान की तरफ़ चले। सबसे पहले नल खोल कर देखा कि पानी आ रहा है। इसके बाद पलंग की तरफ़ मुतवज्जो हुए। नेवाड़ की पलंगड़ियाँ मुतअद्दिद बिछी हुई थीं। ऊँह, तकिया-बिछौना नहीं है न सही, लोटा भी नहीं है। मगर शीशे की अलमारी में जग और गिलास तो हैं। यार कुछ पान मँगवाने चाहिए। नौकर जब आएगा तो वो ही ले आएगा। शहामत अली साहब की बेताबी बयान करके अपने पढ़ने वालों पर ना-तजुर्बाकारी का इत्तिहाम[14] लगाना नहीं चाहता।

क़िस्सा मुख़्तसर, कुछ इन्तज़ार के बाद माशूक़ा महबूबा तशरीफ़ लाईं। उन्होंने धड़कते दिल से इस्तक़बाल किया। नौकर को गिलौरियाँ, बर्फ़, लेमनेड लेने को भेजा और पास तो बिठा लिया मगर नौकर की वापसी के इन्तज़ार में दस्त-ए-हवस और ज़्यादा न बढ़ाया। हाँ जो बातें इज़हार-ए-शौक़ की बिल्कुल पेश-ए-पा उफ़्तादह[15] थीं उनका ज़िक्र नहीं,

मगर निगाह नौकर के धड़के में दर ही से लड़ी रही। इतने में नौकर भी आ गया और उसके साथ मियाँ अब्दुल मुग़नी भी धर धमके। उनको देखकर शहामत अली साहब के चेहरे पर मुसर्रत, ख़ुलूस और शुक्र गुज़ारी का इश्तेहार[16] लग गया। मगर अब्दुल मुग़नी साहब के चेहरे पर ख़िलाफ़-ए-बईद[17] और संजीदगी-ए-मतानत[18] बल्कि उससे भी बालातर वो कैफ़ियत ज़ाहिर थी जो उस वक़्त होती है। जबकि आदमी मुरव्वत को तोड़कर किसी दोस्त के ख़िलाफ़ दो टूक फ़ैसला कर लेता है। शहामत अली का दिल धक से हो गया। रण्डी के दूसरे पहलू में बैठने की दावत दी मगर अब्दुल मुग़नी न बैठे। एक-दो सेकेंड चुप खड़े रहे उसके बाद कहने लगे। यार सुनो। तुम जानते हो कि हमारी चीज़ जान-माल दोस्तों के लिए वक़्फ़ है मगर अभी मकान में ये काम नहीं हो सकता। अभी इस घर में मीलाद शरीफ़ नहीं हुआ है।

* * *

1. ऐसी बोली जिसका अच्छा असर दिखे 2. कीड़े खाया हुआ 3. ख़ूबसूरत और तंग लिखावट वाली किताब या पर्चा 4. फ़ायल 5. लम्बा ढीला-ढाला कपड़ा 6. ज़बरदस्ती किसी को क़ैद रखना 7. क़ुरआन-ए-पाक की एक सूरह 8. सीधा सादा संत 9. सजना, सजाना 10. शाम का खाना 11. मिलने-जुलने वालों की आव-भाव 12. रास्ते पर 13. रिश्तेदार 14. इल्ज़ाम 15. बहुत सरल और आसान बात, सामने की बात 16. घोषणा 17.अनजाना-पन 18. गंभीरता

ख़ुतूत

पेश लफ़्ज़

ये ख़ुतूत मालूम नहीं किसी को पसन्द आएँगे या नहीं और पसन्द आए भी तो किस हद तक। इन ख़ुतूत को शाए करवा देने में मेरा अपना ज़ाती मक़सद ये है कि अगर इन्हें ज़ाए होने से बचा लिया जाए और इकट्ठा करके दुनिया-ए-अदब को दे दिया जाए तो परखने वाले कुछ न कुछ परख ही लेंगे। मेरा ख़याल है कि इन ख़ुतूत में तहरीर से ज़्यादा गुफ़्तुगू का अन्दाज़ नुमायाँ है। ज़बान सलीस[1] और बा-मुहावरा है। मौज़ूआत-ए-कलाम दिलचस्प, रंगीन और ज़िन्दगी की हक़ीक़तों से ममलू[2] हैं:

चौधरी साहब की शख़्सियत की ख़ुसूसियात जो इन ख़ुतूत में ज़ाहिर होती हैं उनमें से बाज़ ऐसी हैं जिन्हें कोई महसूस किए बग़ैर रह ही नहीं सकता है वो अपने मिलने वालों से बड़े जी से मिलते हैं गुफ़्तुगू में ख़ुलूस होता है अपने और मुख़ातिब के तअल्लुक़ात पर ऐतमाद यहाँ तक होता है कि ख़ुतूत में जहाँ देखिए दिल के पर्दे उठते नज़र आते हैं। क़रीब आ कर बातें करते हैं कि दोस्ती का हक़ अदा हो जाता है। यहाँ तक कि ख़फ़गी[3] में भी उनकी एक यगानगत[4] का अन्दाज़ झलकता है।

- बेगम हुमा अख़्लाक़ हुसैन

---

1. आसान 2. भरा हुआ 3. नाराज़ी 4. एकरूपता

हुमा बेगम के नाम

अल्मोड़ा

22 सितम्बर 1932

मेरी मुसाहिब[1] मेरी बेटी। दुआएँ!

तुम्हारा हुक्म है कि एक और ख़त लिखूँ। लीजिए एक ख़त और लीजिए। मैं रूदौली में पा-ब-ज़ंजीर हूँ। वज्ह क्या कि रोज़ मालूम होता है कि मोटर कल तैयार हो जाएगा। और हमेशा वही रोज़-ए-अव्वल रहता है। तुम्हारे तफ़ज़्ज़ुल मामूँ दो-चार रोज़ के लिए घर आए थे। आज नानपारा गए हैं। कहते थे कि वहाँ रह कर मुलाज़िमत की कोशिश करूँगा। मेरा दिल कहता है कि दो एक दिन नानपारे में रह कर घोड़ी भुसीले ही में दम लेगी। मगर मैं किस मुँह से कहूँ सूप तो सूप हँसे जिस में बहत्तर छेद। शाह ज़ियाउल हक़ की बीबी से पन्द्रह सोलह बरस के बाद मिलाप हुआ है। इतने ज़माने तक बेचारे बन्दर की तरह ज़िन्दगी बसर किया किए। खाना बाज़ार से खाया। कबाब रोटी बावर्ची के यहाँ से मोल ले ली नहीं तो दुकान ही पर हलवाई से मिठाई ले कर खाई। पानी घर में आ कर पी लिया। पान मिला तो मिला नहीं तो एक खुटिया मुँह में डाल और पीरज़ादगी के मज़े चूस-चूस कर लिया किए। रेवड़ी खुटिया कुछ मोल लेना नहीं। मख़्दूम साहब के मज़ार पर अनवार की तरह हर वक़्त बरसा करती हैं। अब बेचारे पकी-पकाई रोटी पाते हैं।

ईद हुई ज़ौक़ वले शाम को, मगर हो तो गई।

ग़र्रा रमज़ान से हर हाल में ग़नीमत है।

मोती जान बेचारी क़ज़ा कर गईं। मगर किसी से ख़िदमत नहीं ली। शाम को दरवाज़े पर बैठी थीं सुब्ह को जब दरवाज़ा न खुला तो जगन बढ़ई ने हक़-ए-हमसाएगी अदा किया। दीवार फाँद कर घर में घुसा देखा तो अँगनाई में पड़ी हैं। और रमक़े[2] साँस आ जा रही है। उधर से ग़फ़ूरन माँ दोपहर का खाना ले कर पहुँची, उधर मोती जान ने ज़जाम-ए-दह्र[3] से कुल्लु-मन-अलैहा-फ़ान[4] नोश किया। इन्ना-लिल्लाहि-व-इन्ना-इलैहि-राजिऊन छींका टूटा बिल्ली के भागों। वह घर अनवर को दिया गया। अभी दुल्हनिया या सद्दन वहाँ गई नहीं मगर उनके नामज़द हो गया है। दुल्हनिया के लड़का होने वाला है। दिन क़रीब होंगे। गो क़रीब तर नहीं मालूम होते। वह बहुत ख़ुश है। बावर्ची-ख़ाने से सहदरी आते वक़्त ज़रा सा सर झुका कर कनखियों से अपना पेट देखती चलती है मुझ को न मालूम आप ही आप क्यों ख़ुशी है। मुझ को मालूम होता है कि गोया मेरे ही पोता पैदा होने वाला है।

हसन अहमद ग़रीब महल और उस घर के दरमियान में घूमा करते हैं। अब्बू ने उनके लिए सुलतानपुर में कुछ ठीका का ढच्चर डाला है। देखिए क्या नतीजा निकलता है और कब काम शुरू करते हैं। न मालूम तुम को लिख चुका हूँ कि नहीं। शमसुल के लड़का होने वाला है। मिठ्ठू बहुत ख़ुश हैं। यही हाल सब गधों का होता है। नाम गँवाते शरम नहीं मालूम होती है।

अज़मत, मिठ्ठू और हम हज को साथ गए थे। गो आमाल ऐसे न हों मगर रहमत-ए-हक़ बहाना मी-जोयद के हुक्म से मुमकिन है इन्शा-अल्लाह तआला हज मक़बूल हुआ होगा। क्योंकि ख़ुदा जिस शख़्स को दोस्त रखता है उसको इम्तिहान में डालता है। चुनांचे हम लोग बीबियों की मुफ़ारिक़त[5] में इम्तिहान में मुब्तला किए गए और सब के सब फ़ेल हो गए। लक़द ख़लक़नल इन्सान फ़ी अहसनि तक़्वीम। सुम्मा रददनाहु अस-फ़ला साफ़िलीन।

ग्रामोफ़ोन के बारे में तुम ने लिखा है कि तुम को पसन्द नहीं है। वाक़ई गाना उसको नहीं कह सकते। मैं खुद उम्र भर यही कहा किया। लेकिन बीबी अगर रिकार्ड उम्दा हों और आवाज़ मुलायम हो तो ख़ुश आइन्द साबित होता है। मुमकिन है मुझ को इस वज्ह से मालूम होता हो कि मुझ को बेकारी का मशग़ला हाथ आया है। ख़ैर इन्शा अल्लाहु तआला सुनना दो चार रिकॉर्ड अच्छे हैं।

राक़िम

तुम्हारा ख़ादिम मुहम्मद अली

ख़त ख़त्म करने के बाद देखा तो एक सफ़हा बाक़ी रह गया है। हज़ार दिमाग़ दौड़ाया कोई मज़मून दिमाग़ में नहीं आता।

न मालूम अल्मोड़े में तुमको अपनी पैदाइश का घर मिला या नहीं। फिर एक मर्तबा पता लिखे देता हूँ। बाज़ार की

तरफ़ से अगर तुम्हारे मकान की तरफ़ आओ तो गिरजा के दाहिने बाएँ दो सड़कें हैं। एक सड़क जेल को गई है और दूसरी ईसाइयों के सिनेटोरियम को गई है। अगर तुम दाहिने हाथ वाली सड़क लो तो गिरजा तुम्हारे बाएँ हाथ पर पड़ेगा। और वह मकान दाहिने हाथ पर। बिल्कुल लब-ए-राह। उस में जो कमरा बाज़ार के रुख़ पर यानी सब से पहला है वही तुम्हारी पैदाइश की जगह है। मुम्किन है अब क़ता बदल गई हो। मकान के मालिक का नाम जीवानन्द पंथ था। ये हिन्दू थे। मगर उसी मकान के पास कुछ ईसाई पंथ भी रहते थे। अब मुम्किन है मकना लोग रहते हों। क्योंकि एक मिस पंथ ने मुकुन्द के साथ ब्याह किया था। और उनके दो लड़कियाँ थीं। शान्ति और पटेल। मकान का नाम शायद "पायन देव" अब यक़ीनन हम बोर हो गए होंगे।

तुम्हारा दुआ-गो

मुहम्मद अली

---

1. संगी साथी 2. ज़रा सी 3. ज़माने की बागडोर 4. हर एक प्राणी की मृत्यु निश्चित है 5. जुदाई

हुमा बेगम के नाम

क़ुर्हानत शोम, 1934

सुन रहा हूँ कि तुम्हारे दुश्मनों को हरारत आ गई। तुम्हारी बीमारी में मेरी वही कैफ़ियत होती है जो मीर तक़ी मीर की बरसात में पुराने घर को देख कर हुई थी।

तर तंग हो तो सूखते हैं हम

बीबी मुझ को यक़ीन है कि न तुमने डॉक्टर को बुलवाया होगा न दवा मँगवाई होगी कमज़ोरी का वह आलम। काम करने का ये शौक़ अगर कालज़ाना[1] ही इस्तेमाल करती रहो तब भी ग़नीमत है। मेरे दिल की बात सिवा तुम्हारे समझने वाला नहीं है। इसी वज्ह से ये ख़ुद-ग़र्ज़ी है कि "रब्बि ला तज़रनी फ़रदवं व अन्ता ख़ैरुल वारिसीन" की दुआएँ माँगता हूँ। नसीरन को फ़ैज़ाबाद से बुलवा कर भेज रहा हूँ। बेवक़ूफ़ है, बद-सलीक़ा है मगर तुम्हारे घर की लवाहिक़[2] में से है। कभी-कभी छोटी-मोटी चोरी भी कर ले तो बुरा न मानना और हो सके तो रखे रहना। चार रुपए पर थी मैंने छ: रुपए कह दिया है। खाना तुम दोगी ही।

मालूम नहीं कज्जन की साड़ी मिली या नहीं। अगर मिली तो उसके दाम दिए गए या नहीं? अख़्लाक़ को मैं अच्छी तरह मूस आया था। मैंने लड़कियों की शादी क्या की है। नीलम की अंगूठियाँ रास आई हैं। अगर मोटर वाला रुपए काज़िम ने अभी न लिया हो तो उसी में से अख़्लाक़ को भी उनका क़र्ज़ा

दे दो। और कज्जन की साड़ी के दाम भी दे दो वर्ना मुझ को मुब्तला करो। मैं अख़्लाक़ का और साड़ी वग़ैरा का रुपए ले कर आऊँ। ख़ुदा तुम को ज़िन्दा व तन्दुरुस्त रखे।

ख़ादिम

मुहम्मद अली

1. करमकल्ले का बीज 2. हिस्सा

हुमा बेगम के नाम

लखनऊ 31 मार्च 1935

मेरी प्यारी हुमा! दुआएँ,

तुम्हारा ख़त परसों शाम को मिला मैंने पहले सुना था कि मुहर्रम तुम रूदौली में करोगी। इसके बाद छब्बन से मालूम हुआ कि जुलाई तक आओगी। तुम्हारे ख़त से ये भी न खुला कि अगर तुम अभी आईं तो कितने दिन रह सकोगी। और अगर तुम बाद-ए-मुहर्रम आईं तो कितने दिन रहोगी। ब-हरहाल तुम्हारे देखने को दिल बहुत चाहता है। तुम जब आओ तब ग़नीमत जानूँगा लेकिन जिस क़दर ज़्यादा रहो उसी क़दर अल्लाह का शुक्र भेजूँगा। आओ तो तुम्हारी इनायत है।

शुमार-ए-शौक़ न दानिस्ता अम कि ता चन्द अस्त

जुज़ ईं क़दर कि दिलम सख़्त अस्त

बच्चों को दुआएँ!

राक़िम दुआ-गो

ख़ादिम मुहम्मद अली

हुमा बेगम के नाम

25 अक्तूबर 1941

मेरी जान। दुआएँ क़ुबूल करो।

वाक़ई तुम्हारे कई ख़त आए मगर मैंने जवाब किसी का नहीं दिया। आसार-ए-क़यामत में लिखा है जब बेटी बर माँगे। और गाय गू खाए तो क़यामत क़रीब है। इन असरों में एक और जोड़ो, जब मियाँ जान हुमा के ख़त का जवाब न दें तब भी कुछ होनी मालूम होती है। जब तुम्हारा पहला ख़त आया था तो मैं चार रातों से नहीं सोया था। ख़त लिखने बैठा और थोड़ा सा लिखा भी उसके बाद रह गया। आज तीन रातों से फिर नहीं सोया हूँ। कल लखनऊ आ रहा था इस लिए ख़त लिखने की ज़रूरत नहीं मालूम हुई। फिर रुक गया। रात को बड़ी तकलीफ़ होती है। दिन को ज़ाहिरन अच्छा रहता हूँ। अगर आज भी नीन्द न आई तो कल लखनऊ आऊँगा। इख़्तिलाजी[1] कैफ़ियत दिन को नहीं रहती और ख़ूब हँसता बोलता हूँ। रात अलबत्ता मिठ्ठू और क़ैसर के लिए आफ़त की रात होती है। अंग्रेज़ी मसल है। पैसे दूसरों के लातें हमारी। यही हाल क़ैसर और मिठ्ठू का है। रात लेटे-लेटे ख़याल हुआ कि रियाह और क़ब्ज़ की वज्ह से ये आफ़त है। आज रेण्डी का तेली पिया है। देखिए अगर मैं कल न आऊँ और कोई ख़बर भी न आए तो समझ लेना कि मैं अच्छा हूँ अगर मैं लखनऊ आया तो अल्लन के घर मे रहने का इरादा है तुम को भी अपने अफ़सर-ए-आला से इत्तिफ़ाक़िया रुख़्सत लेना पड़ेगी। अगर

न आया तब भी कोशिश करना कि रुख़्सत इत्तिफ़ाक़िया ले कर मुझ को दिखा जाओ। बीमारी हो, हैरानी हो, तुम्हारे देखने का सामान बँध जाए। अली काज़िम का पैग़ाम पहुँचा। उन से कहना आप का हुक्म बजा लाऊँगा। अख़्लाक़ और बच्चों को दुआ, सुना है कि अख़्लाक़ अब बिल्कुल अच्छे हैं। ख़ुदा करे सच हो। सब्त के खाँसी है, साँस भी फूलती है। एहतियात करना अपनी कसर-ए-निशान समझते हैं। मेरी तीर-ब-हदफ़ दवा भी रुसवा हुई। बुज़दिल की तरफ़ से दुआ।

राक़िम

तुम्हारा बाप

---

1. धड़कन जैसी

हुमा बेगम के नाम

6 जनवरी 1942

हुमा प्यारी। दुआएँ क़ुबूल करो।

मुझ को अपनी ख़त-नवीसी पर घमण्ड था।

और उर्दू पर भी नाज़ था। (ये बातें तुम से ब-सेग़ा-ए-राज़ रखता हूँ) मगर तुम्हारा ख़त पा कर मालूम होता है, उर्दू भूल गया और ख़त लिखना सीखा ही न था। जब लिखने बैठता हूँ बजाए लिखने के तुम्हारा ख़त पढ़ने लगता हूँ। और मज़ा ख़त्म ही नहीं होता है। बीबी आबिदा ने तो ग़ज़ब ही कर दिया। ऐसे मज़े का मीठा दर्द हुआ कि वाह-वाह। नेग के मुआमले में मैं ख़ुद सोच रहा था। और तुम से मश्वरा करने को तय कर लिया था कि तुम्हारा ख़त आ गया और राय क़ायम हो गई। ख़ुदा तुम लोगों की उम्रों में बरकत दे और बहुत नेग पाना नसीब हो। मगर वह नेग फूफियों को भाई के हाथ से मिलेंगे। मेरे हाथ वाला बाब बन्द होगा। इस लिए जो माँगो सो पाओ। अगर यक-बारगी न दे सका तो क़िस्तें करवा लेना। दस्तावेज़ लिखवा लेना जिस तरह से चाहे ले लेना।

क़ैसर बहुत ख़ुश है और सलमान के लड़के के साथ तुम को भी बहुत दुआएँ देती है। क़रीब-क़रीब हर शख़्स ने उसका दिल रखा। "मगर वह बात कहाँ मौलवी मदन की सी" तुम्हारा अन्दाज़ ही दूसरा है। कहती है "बेटा जान माल से हाज़िर हूँ"

हुमा! तुम से मिलने की बहुत ज़रूरत है। बग़ैर तुम्हारी रहनुमाई के मैं क्या कर सकता हूँ।

तुम्हारा ख़ादिम

मुहम्मद अली

हुमा बेगम के नाम

रूदौली 19 नवम्बर 1949

मेरी जान, दुआ! तुम्हारा मोहब्बत-नामा आया। ख़ुदा तुम को ख़ुश रखे और तुम्हारी मुरादें पूरी करे। जो पन्द-ओ-नसाएह[1] तुम करती हो वह मेरे दिल में भी आते हैं। मगर दिल पर अल्लाह मियाँ क़ुफ़्ल[2] चढ़ाए हैं। वह किसी तरह नहीं खोलते अगर वह क़ुफ़्ल खुल जाए तो फिर क्या कहना अब नमाज़ भी ज़्यादा जी लगा कर पढ़ता हूँ। और दुआ भी बहुत जी से माँगता हूँ। उसके रहम-ओ-करम का ख़याल जी में जमाता हूँ मगर

मिरा दिल इस्त ब-कुफ्र आश्ना कि चन्दीं बार
ब-काबा बर-दम-ओ-बाज़श बरहमन आर्वुदम

और औक़ात में भी ग़ौर-ओ-फ़िक्र करके ईमान के अक़ीदे दिल में मज़बूत करता हूँ। मगर सुब्ह के वक़्त जिसको हुज़ूरी का वक़्त कहो उस वक़्त दिल में वही ख़यालात यलग़ार बोलते रहते हैं जिन से ईमान मुतनफ़्फ़िर है।

आलम ब-ख़रोश-ए-ला इलाहा इल्ला उस्त
ग़ाफ़िल ब-गुमाँ कि दुश्मन अस्त ईं या दोस्त

दरिया ब-जूद-ए-ख़ेश ख़ित्ते दारद
ख़स पन्दारद कि ईं कशाकश बा उस्त

यहाँ जी चाहता है कि ख़ास तअल्लुक़ होता जिस को Personal God कहते हैं मगर वहाँ क़ायदा ही दिखाई देता

है। नमाज़ के बाद बारगाह-ए-ख़ुदा में अर्ज़ करता हूँ कि बार-ए-इलाहा ईमान दे। अल्लाह मियाँ फ़रमाते हैं हमारा काम ही है ईमान बख़्शना। मगर तुम ख़ुद अपने दिल में ढूँढो ये तलब तुम्हारी सादिक़ है? मैं अर्ज़ करता हूँ मेरे मालिक मेरी तमन्ना ईमान की रौशनी से सीना जगमग-जगमग करने लगे जी से मालूम होती है। वहाँ से इरशाद होता कि हाँ-हाँ ये तो ठीक है मगर ज़रा ग़ौर करो तुमने जवानी में बहुत सी औरतों को जाना है। भला ईमान से कहो इस बेताबी। तड़प शौक़ का कुछ भी शाइबा[3] हमारी तलाश में पाते हो। मैं अर्ज़ करता हूँ जी नहीं इस तरह की तड़प, बेचैनी तो नहीं पाता। एक दूसरी तरह की ख़्वाहिश ज़रूर है। वह फ़रमाते हैं हम तुम्हारे दिल का हाल तुम से बेहतर समझते हैं। ये ख़्वाहिश जो तुम महसूस करते हो तो ये हमारी मोहब्बत की वज्ह से नहीं है बल्कि बूढ़े हो गए हो। औरत मुँह नहीं लगाती। ताक़त जवाब दे रही है। मौत खड़ी घूर रही है इस लिए इस तरह के ख़यालात दिल में पाते हो। मैं अर्ज़ करता हूँ बार-ए-इलाहा तेरे समझाने से समझ में आता है। वाक़ई तेरी ख़्वाहिश उन्हीं मजबूरियों से होगी। मगर है तो जवानी में न सही बुढ़ापे में सही मगर अब तो है। इसी का ख़याल फ़रमा कर रहम कर और दे दे दौलत-ए-ईमान जवाब मिलता है कि हाँ-हाँ चले चलो:

चमर-ओ-वज़ीफ़ा-ए-तू दुआ कर दिन अस्त व बस
दर फ़िक्र-ए-आँ मबाश कि नशुनीद या शुनीद

इस में भी तुम्हारा फ़ायदा कुछ न कुछ तो है ही। मैं अर्ज़ करता हूँ कि अरे मेरे रब मैं तो इस से ज़्यादा की आस लगाए हूँ। तू रहीम है, करीम है, ग़फ़्फ़ार है तेरा क्या नुक़सान है अगर

इस से ज़्यादा दे दे। मेरे क़ल्ब को तस्कीन हो जाए हुक्म होता है ज़्यादा बक-बक मत करो। कह तो दिया है कि चले-चलो और कुछ नहीं तो झूठ सच तुम्हारी उबूदियत[4] तो मज़बूत होती जाएगी। मगर मानते ही नहीं। क़ुफ़्ल खोलो क़ुफ़्ल खोलो की रट लगा दी है। अबे हम तेरे रग पुट्ठे से वाक़िफ़ हैं। बहरूपिया झालिया दुनिया भर का। आया है वहाँ से हवा बाँधने। मैं अर्ज़ करता हूँ अब हुज़ूर मालिक हैं जो जी चाहें कहें। छोटा मुँह बड़ी बात। हज़रत इब्राहीम ने यही कहा था कि क़ायल तो तूने कर दिया। मगर दिल को तस्कीन तो नहीं हुई। वह बड़े आदमी थे। तेरे मुक़र्रब थे। उनको कुछ नहीं कहा और हमारे ऊपर ख़फ़ा होते हैं। फिर आप से न कहें तो किस से कहें। आख़िर कहाँ जाएँ किस से अर्ज़-ए-हाल करें मैं साढ़े तीन बरस का था। आप ने बाप का साया मेरे सर से उठा लिया। कहिए हाँ। उसके बाद बेवक़ूफ़ चाहने वाली माँ ने लाड-प्यार की इन्तिहा कर दी अगर मैंने किसी को मारना चाहा तो उन से इज़ार बन्द से चवन्नी खोल कर उसको दी। और कहने लगी कि मेरा बच्चा यतीम है ये लो चवन्नी लो और उसको मार लेने दो। उस का जी छोटा न करो। घर में बेचू दादा रहते थे। वह वालिद के क़िस्से सुनाया करते थे कि तुम्हारे बाप ने ये किया वह किया मेरे दिल में भी शौक़ पैदा होता था कि हम भी बड़े होंगे तो यही करेंगे। उसके बाद हम कालून स्कूल भेज दिए गए। वहाँ सब तरह के ख़यालात दिल में डाले गए। जब जवानी क़रीब आई तो तू ही ने ख़यालात में आज़ादी दी। ख़ुद राय क़ायम करने की क़ुव्वत बख़्शी। हरबर्ट स्पेंसर मिल के ख़यालात दिल में जमने लगे। कुफ़्र-ओ-इल्हाद की बिना पड़ गई। जिस तरह से

तूने ख़सरा[5] मुक़र्रर किया है कि सब को निकले उसी तरह से शुरू जवानी में तेरे ही हुक्म से ख़यालात में आज़ादी आती है जैसे बाज़ों को उसी ख़सरा से सीना की बीमारी हो जाती है। जो जान ले कर जाती है। इसी तरह शुरू जवानी के ख़यालात भी हैं कि बाज़ों पर उनका असर नहीं रहता। और बाज़ बेचारे ऐसे बद-क़िस्मत होते हैं जिन को ख़यालत की दिक़ हो जाती है जैसे दिक़ की दवा करने में दौड़-धूप करते हैं उसी तरह उन ख़यालत को भी दूर करने की कोशिश करते हैं। बहुत से ख़ुश क़िस्मत बच जाते हैं। बहुत से हमारे ऐसे जवाना-मर्ग[6] पाते हैं। अब इस में हमारा क्या बस था और कौन बस है हुज़ूर जान-बख़्शी हो तो एक बात अर्ज़ करूँ। हातिफ़-ए-ग़ैब कहो कहो। कहे जाओ हम सुनते हैं... मैं... नया न कुहन, कुहन ठुकराई, हातिफ़-ए-अनीब[7] की आवाज़ में एक ज़री सी हँसी और ख़ुश-दिली का अन्दाज़ पाया जाता है बड़े मन्तक़ी हो। ख़ूब ज़बान चलती है। घबराओ नहीं चले चलो। हम वादा नहीं करते मगर इतना कहे देते हैं कि बे-आस मत हो जाओ। मैं इसी तरह सजदे में पड़ा रहता हूँ। हुक्म होता है हम सब कुछ जानते हैं। मगर तुम अपने दिल की भड़ास निकाल लो। कहो कहो। कोई हर्ज नहीं। हम अपने बन्दों के अर्ज़-ए-हाल को बुरा नहीं मानते कह चलो... मैं... बार-ए-इलाहा तेरे मज़हब की तालीम देने वाले कहा करते थे बस ख़ुदा में यक़ीन रखो। हम यक़ीन के माना-वाना तो समझते नहीं थे मगर सुन लेते थे। उस दिन एक अमरीकन की एक किताब में निकला:

"To belive in God is to desire his existence and what is more to act as if life existed."

ले भला हुज़ूर ही फ़रमाएँ एक तरफ़ तो मन्तिक़ ने अक़्ल को बावला कर रखा है दूसरे मौलवी बे-ईमान दुनिया भर के ख़ुराफ़ात बचपन से दिमाग़ में ठूँस रहे हैं। अगर आप के बन्दे गड़बड़ा जाएँ तो क्या तअज्जुब है। हातिफ़, सुनो मुहम्मद अली तुम यूँ ही चले चलो। हम अपना क़ायदा तो तुम्हारे लिए बदलेंगे नहीं मगर इतना जान रखो कि हम क़ह्हार-ओ-जब्बार[8] भी हैं और रहीम-ओ-करीम भी। हम जानते हैं कि तुम को अभी अपनी बक-बक से सैरी नहीं हुई है मगर तुम्हारा बकना बिल्कुल ला-हासिल है क्योंकि हम सब कुछ समझते हैं। हम तुम्हारे ऊपर मशिय्यत[9] के राज़ अपने खोलना नहीं चाहते मगर इतना बताए देते हैं कि अल-ईमान बैनुल-ख़ौफ़ अर्रिज़। बस उठो सजदे से अपना काम देखो। हुमा प्यारी! दुनियावी मसाइब जो मैंने बयान किए हैं उन में मुम्किन है कुछ मुबालग़ा हो मगर हैं और बहुत शदीद हैं। तुम्हारी पीठ का दर्द भी बेचैन किए है। कोई अच्छा ख़याल आता ही नहीं। लेकिन मैं हर बात के लिए तैयार हूँ। अपनी मौत सब से सख़्त है जब मैं उस पर भी राज़ी हो गया हूँ तो फिर कुछ और कहने की हाजत नहीं।

सुनो हुमा! तुमको तुम्हारी बहनें लुतरी कहती थीं। अब न मालूम ...

---

1. नसीहत की बातें 2. ताला 3. मिलवाट 4 बन्दगी 5. एक बीमारी जो बच्चों में फैलती है 6. जवानी की मौत 7. वो जो दिलों में बात डालता है 8. ख़ुदा के सिफ़ाती नाम 9. क़िस्मत, ख़ुदा की मर्ज़ी

हुमा बेगम के नाम

रूदौली 16 दिसम्बर 1948

हुमा बेगम! सुनो। आजकल मैं बहुत परेशान रहा और परेशान हूँ। मगर मेरी परेशानी मोटे-पन की है। सुख रोग लगा है। बाज़े वक़्त ख़याल होता है कि कुफ़्रान-ए-नेमत कर रहा हूँ। फिर अक़्ल कहती है:

हो जाएगा छोटी-छोटी बातों में ख़फ़ा
क्या तूने ख़ुदा को आदमी समझा है

अब मौलवी लोग उनके कान भर दें तो और बात है। जैसा खाना खाता था वैसे ही खाना खाता हूँ। बल्कि शायद इस से बेहतर अल्लाह दे देता हो।

क्योंकि क़ैसर आजकल हमेशा से भी ज़्यादा ख़याल करती हैं। नया रेशमी लिहाफ़ ओढ़ता हूँ, सफ़ेद कपड़े, जाड़ों का इत्र, दूसरे दिन ख़त बनाता हूँ, फिर और क्या चाहिए मगर दिल नहीं मानता:

ग़म खाने में बूदा दिल नाकाम बहुत है
ये रंज कि कम है मय-ए-गुलफ़ाम बहुत है

दुखड़े रोने को और कुछ न सही तो यही है कि सलमान का ख़त नहीं आता।

तुम्हारा बाप
मुहम्मद अली

हुमा बेगम के नाम

अलीगढ़

हुमा प्यारी। दुआ!

न तुम्हारी ख़ैरियत मुझ को मालूम न मेरी तुम को मगर इस से कुछ ज़्यादा हर्ज नहीं। अगर ख़ैरियत या बे-ख़ैरियती मालूम भी हो जाए तो तुम या हम कर ही क्या लेते। दुआ करना। वह तो यूँ ही क्या करते हैं क़ुबूल करना या न क़ुबूल करना दूसरे के हाथ में है और उस तआला ने कह दिया है कि ला-तबदीला लिख़ल्क़िल्लाहि। मगर दुआ करने में हर्ज ही क्या है। कुछ अपनी गिरह से तो जाता नहीं। कुछ नहीं तो हमारी उबूदियत ही कुछ सँभल जाती होगी।

अब अगर हर्ज न हो तो मुझ को एक ख़त लिख दो। उस ख़त में जिस क़दर अपना हाल लिखोगी उसी को ग़नीमत जानूँगा।

अदा-ए-हक़्क़-ए-मोहब्बत इनायत अस्त ज़-दूस्त
वगर्ना ख़ातिर-ए-आशिक़ बहेच ख़ूर सनद अस्त

अच्छा सुनो यहाँ ..... यहाँ इंफ़्लूएंज़ा घुस-पैठ कर पहुँच गया है छब्बन को है। ग़रीब मुहम्मद पड़ा है। सुना है काज़िम को भी बड़ा सख़्त हव्वा है। कज्जन को सुना इस वक़्त तक बची हुई हैं। मैं ख़ुद लोट हो गया था। मैंने आदत के मुआफ़िक़ बड़ी हाए-वेला मचाई। लोट-पोट कर अच्छा हो रहा हूँ।

ज़य्यक़ुल यद अशद्दो मिन ज़य्यक़िल क़ल्ब रुपए का तोड़ा हमेशा से था। अब कांग्रेस गवर्नमेंट की दुश्मनी से

दौलत के पर लग गए हैं च्यूँटियों के पर निकल आए हैं। ये च्यूँटियों की मौत की दलील होती है। यही हाल ज़मीन-दारों का हो रहा है। पंजाब में जो धमाल बज रही है तुम को भी मालूम है। हम बैठे-बैठे सोच रहे हैं जो दिन उन पर बीत गयो वो दिन हम पर आवत है। देखिए क्या होता है। हिन्दू ग़रीब हुकूमत का तरसा। नई दौलत उसे धरते उठाते नहीं बनता। हिन्दू यहाँ हुकूमत करेंगे जहाँ उनकी कसरत है। सरहदों पर हुकूमत करेंगे जहाँ उनकी क़िल्लत है। पंजाब में हिन्दू और सिख मिल कर डेमोक्रेसी को तह करके सन्दूक़ बन्द कर देंगे। कुछ समझ में नहीं आता कि क्या होगा। लो छब्बन ख़ुद ही आ गईं। बेचारी न काम की वज्ह से कहती हैं कि पलक से पलक नहीं लगी। मुहम्मद भी आ गए, बाबू भी आ गईं। मुहम्मद बेचारा बुख़ार में चर्मर हो गया। अब बुख़ार ने छोड़ दिया है। बाबू अच्छी हैं।

मम्मन तो सूख-साख के अमचूर हो गया
बाबू का चेहरा मिस्ल-ए-गुल-ए-वर्द था सो है

आबिद, उनके बच्चों और उनकी बीबी को मेरी बहुत बहुत दुआ कहना। अगर आबिद कहें हम को अलग ख़त क्यों नहीं लिखा तो उनकी ज़बरदस्ती है हुसूल-ए-ख़ैरियत अस्ल चीज़ है वो हासिल है। फिर आबिद ऐसी बेतुकी बात कैसे कह सकते हैं। आबिद आबिद हैं अगर उनकी जगह सादिक़ी होतीं तो वो कह सकती थीं। आबिद माशा-अल्लाह दिल और दिमाग़ के नेक आदमी लड्डू की तरह ज़बरदस्ती थोड़ी करेंगे।

राक़िम तुम्हारा आशिक़
तुम्हारा ख़ादिम तुम्हारा वालिद